Kurzgeschichtet

(m) EINE SEELE erzählt

Von

Petra Meyer

Impressum

Bibliografische Information der Deutschen Nationalbibliothek: Die Deutsche Nationalbibliothek verzeichnet diese Publikation in der Deutschen Nationalbibliografie; detaillierte bibliografische Daten sind im Internet über dnb.dnb.de abrufbar.

2. korrigierte Auflage

© 2025 Petra Meyer

Verlag: BoD · Books on Demand GmbH,
Überseering 33, 22297 Hamburg,
bod@bod.de
Druck: Libri Plureos GmbH,
Friedensallee 273, 22763 Hamburg

ISBN: 978-3-7597-9385-0

Covergestaltung und Design

Maximé Meyer "mamomee"

Vorwort

Wer schreibt denkt, wer denkt schreibt. Also schreibe ich diese Worte und Einkaufslisten, kurze Wortgedanken, Gedichte, Geschichten und so manch andere Werke, die sich in meinem Hirn breitmachen, auf Papier, um sie festzuhalten.

Das sind manchmal nur Fetzen, die wenig bis gar keinen Sinn ergeben, oder es sind ganze Episoden, die sich aneinanderreihen und so zu lebendigen Reimen oder Geschichtchen werden. Oft vermischen sich diese Gedanken mit Emotionen die ungefiltert zu Papier gebracht werden wollen.

Auch wenn das manchmal depressiv, ängstlich, sarkastisch oder gar zerstörerisch rüberkommt und den Anschein erweckt das der Schreiber düstere Gedanken hat und ihm die Freude am Leben abhanden gekommen ist, so ziehen die Worte den Leser auf eine gewisse Weise in ihren Bann. Vielleicht weil sie die eigene Gefühlswelt widerspiegeln oder weil die Hoffnung aufkeimt das es im weiteren Verlauf etwas Erfreulicheres zu lesen gibt.

Warum auch immer, es löst bei jedem etwas anderes aus und das ist auch gut so.

Wenn ich etwas lese, möchte ich mich darin finden, es soll einen Bruchteil dessen wiedergeben, was sich in meiner Gedankenwelt auftürmt. Gut oder Böse, Freud oder Leid. Vielleicht auch nur Wirrwarr aus Worten und Silben ohne tiefere Bedeutung. Im Vorhinein weiß doch selten jemand was aus dem Kopf in die Hand, durch den Stift auf das Blatt Papier fließt.

Die Hoffnung das es irgendjemandem gefällt oder nicht gefällt ist das Vordergründige beim Schreiben, zumindest glaube ich das und strebe an meine Worte dementsprechend zu finden. Bestenfalls regen meine Texte zum Denken an.

Also denke ich und schreibe auf ein weißes Blatt Papier die Worte

Wer schreibt denkt, wer denkt schreibt.

Inhalt

1 Rundreise mit Hindernissen

Es sollte eine Busreise über drei Länder werden. Italien, Frankreich und Monaco standen im Reiseführer. Das klang für mich ganz interessant und als Single konnte ich die Vorteile einer Gruppenreise nutzen ohne Anschluss an die Gruppe haben zu müssen. In der Beschreibung im Prospekt waren folgende Informationen lesbar.

Deutsche Reiseleitung und Tagestouren mit deutschsprachiger Begleitung.

Unterkunft in einem kleinen, familiengeführten Hotel, direkt an der italienischen Riviera gelegen.

Einzelzimmer mit Halbpension inklusive.

Von dort aus würden die täglichen Ausflüge im modernen Reisebus innerhalb Italiens, sowie nach Frankreich und Monaco starten. Zustieg in Deutschland maximal 30km vom Standort entfernt. Für mich würde das bedeuten in Peine einzusteigen. Perfekt dachte ich und buchte meine Reise.

Am Abreisetag brachte mich meine Tochter zum Busbahnhof und ich stieg guter Dinge und in Vorfreude auf die Reise in den Bus, der tatsächlich komfortabel ausgestattet war und unter anderem über Internetzugang, eine Ladebuchse für das Smartphone und einen Getränkeservice an Bord verfügte. Der Weg bis nach Italien war unendlich lang, da wir gefühlt an jeder Ecke anhalten mussten, um weitere Reisegäste aus Deutschland einzusammeln. Nachdem nun endlich der letzte Reisegast zugestiegen war, zeigte die Uhr bereits nach Mitternacht. Nachtruhe, ein wenig schlafen und dann ausgeruht durch die Schweiz weiterfahren, an die Küste Italiens, war mein Plan. Tja, Schade nur, dass die Hälfte der Mitreisenden anderer Auffassung war und die Nacht mit Quatschen oder Schnarchen zum Tag machten. Nachtruhe? Fehlanzeige! Nicht ausgeruht und leicht angesäuert hoffte ich auf einen guten Kaffee und etwas zu beißen in der Schweiz. Das Rasthaus war, genau wie die Toilette, überfüllt und die Preise kräftig. Wenigstens wurden Euro als Zahlungsmittel akzeptiert, denn Schweizer Franken hatte ich natürlich nicht dabei. Kaffee und Brötchen waren gut, was meine Laune merklich verbesserte. Nach der Pause für den Fahrer ging es nun weiter durch die Schweizer Alpen. Es bot sich eine schöne Landschaft und zum Teil lag sogar Schnee auf den Gipfeln der Berge. Die kleinen Bergdörfchen sahen so nach Milka aus, nur die lila Kuh fehlte. Am Abend hatten wir es dann geschafft. Nach einer Fahrzeit von 26 Stunden kamen wir am kleinen Hotel am Meer an. Es war sehr familiär. Alle Familienmitglieder, vom Opa bis zum Enkel, waren versammelt, um die Gäste aus Deutschland zu begrüßen. Das nenne ich italienische Gastfreundschaft und Herzlichkeit. Mein Zimmer war klein und gemütlich, wenn auch etwas altbacken, eingerichtet. Alles, was ich für die nächsten Tage an Komfort brauchte, war vorhanden und das Bett hatte eine gute Matratze. Vom Fenster aus konnte ich auf das blaue Meer sehen, was ich wunderbar fand. Es störte mich nicht im Geringsten, dass der Sturm der letzten Tage die Satellitenschüssel vom Dach gefegt hatte, denn schließlich wollte ich eine Rundreise machen und nicht in die Glotze schauen. Meine Mitreisenden empfanden dieses jedoch als Mangel, der den Wert ihrer Reise sehr schmälern würde. Schließlich hätte man pro Person 299,-€ bezahlt und dann erwarte man auch das alles funktioniert. Die Reiseleitung nahm die Beschwerden auf und sagte zu, diese an den Veranstalter weiterzuleiten. Leider blieb es nicht bei der einen Beschwerde. Viele weitere, angeblich, so nicht im Programm angegebene, erhebliche Abweichungen kamen im Laufe der Woche hinzu. Da wurde sich über Kleinigkeiten, wie die 60cent Aufpreis für das Frühstücksei, oder die verpasste Wachablösung in Monaco beschwert. Selbst für das wechselhafte Wetter war der Veranstalter nach Auffassung mancher Gäste verantwortlich. Die Reiseleiterin bemühte, sich die Gemüter zu beschwichtigen, doch einigen Reiseteilnehmern viel immer wieder etwas auf, worüber sie meckern konnten. Mir tat die Reiseleiterin mittlerweile leid und ich beschloss nun auch meine Meinung kundzutun. Ich stellte mich vor die versammelte Mannschaft und verkündete laut „es könnte so eine wunderbare Rundreise sein, wenn es nicht diese

vielen Hindernisse in menschlicher Form gäbe!“
Den Rest der Reise wurde ich von meinen
Mitreisenden dezent ignoriert, doch das war mir
ehrlich gesagt mehr als recht.

2 Mein Plan oder Gedanken einer kreativen Seele

Mein Plan ist es vorrangig keinem Plan zu folgen, sondern ohne Plan durch die Zeit zu gleiten, die mir auf dieser Erde noch bleibt. Das funktioniert jedoch leider nur selten, da auch ich mich zuweilen an vorgegebene Termine und Abläufe halten muss. Doch zumindest zeitweise klappt es planlos herumzudümpeln und einfach mein Dasein zu fristen. Ich überrasche mich dann selbst damit, mal nicht auf die Uhr zusehen, das Smartphone ausgestellt in der Tasche zu haben und die Natur oder die Menschen um mich herum bewusst wahrzunehmen. Manchmal versuche ich mir dann vorzustellen, was die Person wohl gerade denkt, ob sie Pläne macht oder vielleicht genauso wie ich herumschlendert und ihr Umfeld in sich aufnimmt. Pläne im Allgemeinen bremsen mich eher aus, vor allem dann, wenn sie sich nicht kurzfristig umsetzen lassen. Deshalb setzte ich auf spontanes Handeln. Selbst wenn es dann schief geht, ist es für mich besser zu verkraften, als wenn ich wochenlang Energie und Gedanken in ein Projekt investiere und dann erleben muss, dass es scheitert. Vom Typ her bin ich eher ungeduldig und arbeite meistens an mehreren Dingen gleichzeitig, die ich dann versuche miteinander zu koordinieren. Erstaunlicherweise klappt das ganz gut. Aber genau deshalb liebe ich auch meine planlosen Auszeiten. Die Waage zwischen chaotischer Arbeitsweise und entspannender Soul - Time zu halten ist für mein kreatives und seelisches Ich von großer Bedeutung. Beim Arbeiten volle Power und bei der planlosen Auszeit keinerlei Vorgaben, außer Atmen. So komme ich mir selbst wieder nah und genieße die Augenblicke bewusst. Ich gebe offen zu, dass ich Menschen, die genau wissen was ihr Plan ist und diesen dann auch verfolgen, manchmal ein wenig für ihr konsequentes Verhalten bewundere. An meinen Vorhaben festzuhalten, bis das Ziel erreicht ist, gelingt mir eher selten, denn ich biege an jeder zweiten Ecke ab, nur um zu sehen was da kommt. Aus meiner Sicht sollte jeder Mensch für sich herausfinden, wie er sein Leben gestalten möchte. Ich lasse das Leben gerne auf mich zukommen und manchmal kann auch das ein Plan sein – mein Plan.

3 Der Brief

Mein lieber …

Seit Tagen habe ich nun schon diese Aufgabe vor mir liegen und auch diverse Themen dazu im Kopf. Es wäre ja gar nicht wirklich schwer einen Brief zu verfassen, wenn du nicht wärst. Kaum hege ich einen Gedanken und überlege, wie ich einen Brief an meinen Schutzengel beginnen würde, kommst du in meine Hirnwindungen und unterbrichst meinen Gedankenfluss. Du versuchst mir klarzumachen, dass es unnütz ist an jemanden zu schreiben, der zwar bereits seit deiner Geburt seine schützenden Flügel über, oder bei Bedarf auch unter dich hält, wenn doch die Sonne heute so schön scheint und der Liegestuhl so viel gemütlicher ist als der Schreibtischstuhl. Außerdem ist es ohnehin albern deinem Schutzengel zu schreiben, schließlich kann und wird er nicht antworten, oder? Es ist sehr schwer gegen dich anzukommen und deine Aufforderung, doch lieber faul im Garten zu sitzen, zu ignorieren. Auch den zweiten Versuch, dieses Mal an eine reale Person einen Brief zu verfassen, lässt du kläglich scheitern. Dein neuer Trick heißt später. Jetzt könntest du doch erst mal etwas Schönes kochen und dann nach dem Essen starten. Nach dem Essen setzt jedoch die träge Phase des Verdauens ein. Und so rätst du mir ein weiteres Mal, das Vorhaben einen Brief zu schreiben auf einen späteren Zeitpunkt zu verschieben. Am Abend hat es ohnehin keinen Sinn mehr sich mit der Bildung von Sätzen zu befassen oder sich generell konzentrieren zu wollen und somit gewinnst du wieder und der Brief wird nicht mehr begonnen. Verdammt, was hast du wohl noch so alles auf Lager, um mich davon abzuhalten einen Brief zu schreiben. Na gut, noch einmal versuche ich es und es gelingt mir, mich zumindest gedanklich auf den Inhalt zu fokussieren, doch dann gerate ich bereits bei der Anrede ins Stocken. Wie soll man eine Person ansprechen, für die man seit Jahren nicht mehr existent ist? Schwierig, zu schwierig. Also Gedanken verwerfen und nach einem neuen Ansatz im Hirn suchen. Grübeln, denken, aah ich glaube jetzt habe ich den richtigen … oh guck mal die Vögelchen da draußen … Das ist also deine neue Taktik. Neee, jetzt weiterdenken und endlich starten, aber eigentlich habe ich so gar keine Motivation und du bestätigst das lauthals in meinem Inneren und schickst mir weitere Ablenkungen in die Gedankenwelt. Wenigstens die Anrede sollte ich doch wohl hinbekommen sage ich zu mir selbst, um mich ein wenig aufzulehnen.

Und so schreibe ich … mein lieber innerer Schweinehund

4 Warum einfach?

Vor einer Weile habe ich mir einen alten PC und einen Laserdrucker zugelegt, weil ich meine geschriebenen Werke von Hand auf den PC übertragen und auf Speichermedien festhalten wollte. In Papierform sollten sie mir auch weiterhin zur Verfügung stehen, doch im Zeitalter der Digitalisierung wurde es auch für mich notwendig, zusätzliche Möglichkeiten zu nutzen. Außerdem, doppelt hält besser. Voller Tatendrang baute ich die Geräte auf und war fest davon überzeugt, dass der Rechner mit ausreichend Speicherplatz, der richtigen Software und der Möglichkeit, auf das Internet zugreifen zu können, ausgestattet wäre. Tja, schade eigentlich! Die auf dem Rechner installierte Software war nur begrenzt einsetzbar, weil entweder der Zugangscode nicht vorhanden war oder es sich um eine Testversion handelte, deren Probezeit bereits abgelaufen war. Das Internetsignal wurde zwar erkannt, doch Seiten ließen sich nicht öffnen, da der Vorbesitzer offensichtlich ein wichtiges Zugriffselement gelöscht hatte. Ohne Browser ins Internet – Fehlanzeige. Lediglich der Drucker wurde ohne Probleme erkannt, nachdem ich ihn mit dem PC über ein USB-Kabel verbunden hatte. Nachdem mein inneres Fluchen mit Keksen und Kaffee aus frisch gemahlenen Kaffeebohnen etwas beruhigt werden konnte, versuchte ich nach Plan vorzugehen. Ich fragte

über mein Smartphone zunächst mal Google um
Rat, was es für Optionen gäbe, auch ohne
Browser ins Internet zu gelangen. Da hieß es,
man könnte Installationsprogramme, wie zum
Beispiel auch Browser, auf einer CD finden, die
manchmal einer Computerzeitschrift kostenfrei
beigelegt wäre. Diese Software bräuchte man
dann nur auf den PC herunterladen und
installieren. Das ist ja einfach, dachte ich und
nahm die CD aus dem Heft, das ich eigentlich
wegen eines interessanten Artikels zur visuellen
Gestaltung gekauft hatte. Ich sichtete das
Inhaltsverzeichnis, um zu sehen, ob passende
Software darauf vorhanden war. Tatsächlich
waren die gewünschten Programme dabei,
Windows war auf dem Rechner. Ein Browser und
ein Brennprogramm sollten nun zugefügt werden.
Also CD in das Laufwerk geschoben und beides
mal eben installieren. So mein Plan. Bei dem Plan
blieb es dann auch. Um den Browser und das
Brennprogramm zu nutzen, benötigte ich einen
Zahlencode, der aus dem Internet heruntergeladen
werden musste. Mist, verdammt und überhaupt!
Noch mehr lautstarkes Fluchen und wütendes
aufstampfen konnten nun sicher auch meine
Nachbarn hören, denn die Wände meines Büros
sind recht dünn. Wenigstens war die CD eine
Zugabe gewesen und ich hatte nicht unnötig Geld
dafür ausgegeben. Ein Schreibprogramm
benötigte ich auch noch und zum Glück hatte ich
da noch eine Version auf einem Datenträger die
sich ohne Schwierigkeiten installieren ließ. Ich
schrieb also drei Worte in fetten Buchstaben -

Technik, die begeistert - und speicherte diese im Ordner Textdokument ab. Jetzt mal schauen, ob es sich ausdrucken lässt, dachte ich und tippte hoffnungsvoll auf das Druckersymbol. Schon zog der Drucker vor meinen Augen ein Blatt Papier in sein Innenleben, um es dann mit sauberer Schrift bedruckt wieder herauszugeben. „Wie schön, es klappt! Doch wie sichere ich jetzt meine Texte?" Diese Frage galt es noch zu klären. Die internen Speicherkapazitäten würden nicht ausreichen, sodass ein externes Speichermedium zum Einsatz kommen musste. „Sollte ich alles auf USB Speichersticks ziehen oder mir lieber gleich eine externe Festplatte zulegen?" Hin und Her überlegt, dann mit dem Smartphone im Internet recherchiert und Angebote verglichen. „Meine Güte", da gab es Unmengen verschiedener Modelle mit unterschiedlichen Kapazitäten, Anschlussmöglichkeiten und Leistungen in verschiedenen Preislagen zur Auswahl. Ich fühlte mich ein wenig überfordert, doch eine Tüte Chips später landete per Klick das gewünschte 1 TB Speichermodul im Einkaufskorb.

5 Mutter Natur

Als die Zeit noch jung, die Tage lang und die Nächte endlos waren, machte sich niemand im Land Emposia Gedanken über das Morgen. Jeder freute sich an der Schönheit der Natur und an ihren guten Gaben, die in großer Menge und Vielfalt zur Verfügung standen. Genug für alle Einwohner und einfach nur dafür gemacht, mit Lust gepflückt, gefischt oder geerntet zu werden, um dann mit Genuss den Gaumen und den Leib zu verwöhnen. Es war ein herrliches Leben in Emposia. Es gab Menschen, die sich darauf verstanden, immer raffiniertere und erlesenere Rezepte zu erfinden, um Mutter Natur für ihre Gaben zu ehren und dafür Sorge zu tragen, dass niemals etwas verschwendet wurde. Jede entstandene Speise wurde bis auf den letzten Rest verwertet und Jedermann durfte davon essen, bis er ausreichend gesättigt war. Alle Menschen lebten im Einklang mit Mutter Natur und hielten sich an ihre Gesetze. Fremden gegenüber waren die Emposianer immer offen und gastfreundlich. So nahmen sie eines Tages auch den Kaufmann, der aus der Stadt hinter dem großen Strom mit seinem Schiff an ihrem Pier antaute, freundlich in ihrer Gemeinschaft auf. Der Kaufmann staunte nicht schlecht über die üppig gefüllten Speicher, Kühlhäuser und Speisekammern, die scheinbar nie leer wurden. Er fragte den Bürgermeister während einer Erkundungstour durch die Stadt, wie es wohl möglich sein konnte so viele eingelagerte Vorräte und zeitgleich stets volle Ackerflächen, von Früchten überladene Obstbäume und mit dicken Fischen besetzte Teiche zu haben. Der unbedarfte Bürgermeister erklärte dem Kaufmann, dass Mutter Natur alle ihre guten Gaben stets nachwachsen ließ und dass ein neuer Fisch schlüpfte, sobald ein Exemplar aus dem Teich gezogen wurde. Damit das so bliebe, dürften keine Gaben verschwendet werden und alles wird zubereitet, an jedermann verteilt oder eingelagert. So danken hierzulande die Menschen Mutter Natur für ihre fürsorgliche Güte. Das ist ja hochinteressant dachte der Kaufmann, der immer auf Profit aus war. Wenn die Natur hier ganze Arbeit leistet und die Güter nur noch eingesammelt werden müssen, sollte sich daraus für mich ein gewinnträchtiges Geschäft machen lassen. Um jedoch auf Nummer sicher zu gehen, dass er keiner erfundenen Geschichte aufgesessen war, pflückte er fix einen Apfel vom Baum und tatsächlich wuchs sofort ein neuer Apfel nach. Am Teich zog ein Fischer einen großen Karpfen an Land und zur selben Zeit schlüpfte ein neuer aus dem Laich. Nachdem also der Kaufmann mit eigenen Augen gesehen hatte das die Aussagen des Bürgermeisters der Wahrheit entsprachen, fasste er einen Plan. Er beschloss sich in der Nähe niederzulassen und die Gunst von Mutter Natur für sich zu nutzen. Jeden Tag ging er nun zum See und fing dutzende Fische, die er nur für sich in großen Wassertonnen ansammelte. Auch pflückte und erntete er jede Menge Obst und Gemüse, das er versteckt in seinen Vorratskammern hortete. Die braven Bürger von Emposia bemerkten davon nichts, denn der Kaufmann machte seine Beutezüge nur bei Nacht, wenn alle Bewohner friedlich in ihren Betten lagen. Wenn seine Kammern und Wassertonnen voll waren fuhr er bei Nacht und Nebel über den großen Strom und verkaufte die guten Gaben an die reichen Leute in seiner Stadt. In Emposia war er immer der nette Herr, der sich entschieden hatte, nach den Gesetzen von Mutter Natur zu leben und von allen Bewohnern als Mitglied der Gemeinschaft anerkannt wurde. Er tat auch einiges dafür, dass es so blieb. Den Tüftlern gab er Tipps zu neuen Speisen, bei Festen war er immer anwesend und dem Bürgermeister schmeichelte er mit Reden voller Lob für seine gewissenhafte Tätigkeit zum Wohle der Emposianer. So vergingen viele Jahre und Mutter Natur ächzte allmählich unter der ständigen Last in immer größeren Mengen alles reifen und gedeihen zu lassen. Dem gierigen Kaufmann jedoch war das egal, er griff nur noch mehr zu. Er wurde reicher und fetter. Denn nicht genug, dass er die arme Mutter Natur ausbeutete, bald fraß er sich auch noch durch die Speisekammern der guten Bürger. Auch als er älter wurde und eigentlich mehr als genug Besitztümer zusammengerafft hatte, hörte er nicht auf. Seine grenzenlose Gier wurde nie befriedigt und so quälte er Mutter Natur immer weiter, ja er setzte sogar noch eins drauf, indem er Mittel in den Boden und die Teiche kippte, um noch schnellere Ergebnisse zu erzielen. Nun reichte es endgültig. Am Ende ihrer Kraft angekommen, bäumte Mutter Erde sich auf und steckte ihre ganze aufgestaute Wut in ihre vier Elemente. Sie ließ die Erde unter den Füßen des Kaufmanns erzittern und brachte das sonst ruhige Wasser zum Tosen, dazu ließ sie einen Wind aufkommen, der alles mit sich riss, was nicht angebunden war und unter den Füßen des Kaufmanns züngelten Flammen aus den Spalten der Erde, die sich an einigen Stellen gebildet hatten. Die Bürger kamen aus ihren Häusern gelaufen und hatten große Angst, denn sie konnten nicht verstehen was hier geschah. Eine Welle, die sich im Teich gebildet und aufgetürmt hatte schlug direkt neben dem Kaufmann auf den Boden auf und er schnappte nach Luft, so wie die Fische es oft in seinen überfüllten Wassertonnen taten. Er schrie:

„Es tut mir leid! Bitte vergebt mir das ich euch ausgenutzt habe. Ich habe Mutter Natur ausgebeutet und jetzt rächt sie sich dafür.“

Die Bürger begriffen noch immer nicht und da bebte die Erde noch einmal kräftig, wodurch sich die Tore zu den Kammern des Kaufmanns öffneten. Nun sahen die Bürger von Emposia was geschehen war. Entsetzt und enttäuscht über die Gier des Kaufmanns und darüber das er ihre Mutter Natur fast schon zerstört hatte, beschlossen sie ihn des Landes zu verweisen. Er wurde in ein Boot gesetzt und sollte zur Strafe nur mit der Kraft seiner Arme über den großen

Strom zurück in die Stadt paddeln, aus der er einst gekommen war. Alle Vorräte, die er gehortet hatte, sollten für die nächsten Jahre zur Versorgung dienen und so eingeteilt werden, dass es gerade reichte, um satt zu sein. Nur so würde Mutter Natur sich vielleicht wieder erholen. In der stillen Hoffnung, dass sie ihnen vergeben könne und dem heiligen Versprechen, in Zukunft besser auf sie zu achten, beugten sich die Bewohner nieder und schworen auf die vier Elemente. Mutter Natur, die sonst immer gütig und nachgiebig war, glaubte dem Schwur der Emposianer, doch den gierigen Kaufmann wollte sie nicht so einfach davon kommen lassen für das, was er ihr angetan hatte. Sie sorgte dafür das der große, gemächlich dahinfließende Strom über Nacht zum reißenden Wildwasser wurde und der Kaufmann, um sein Leben zu behalten, so angestrengt gegen die Strömung ankämpfen musste, bis er an die Grenze seiner Kräfte stieß. Das sollte ihm den Rest seines Lebens eine Lehre sein. Mutter Natur versucht seither in ihr altes Gleichgewicht zurückzufinden. Doch ob ihr das gelingen wird, hängt auch davon ab wie gut die Menschen von Emposia und auf der ganzen Welt auf sie achten.

6 Jeremia MC Glorie

Irland im Herbst 1895. Sir Jeremia MC Glorie
hatte sich zu einem Spaziergang aufgemacht, um
in Ruhe über seine neueste Idee nachzudenken.
Beim Sinnieren, über das Für und Wider in Bezug
auf seinen, im Kopf erstellten, Entwurf zur
Entwicklung einer Windmaschine, half es ihm,
auf das tosende Meer zu schauen. Die von Gischt
gekrönten Wellen im Blick, den steifen,
schneidend kalten Wind im Gesicht. So stand er
da, mit sich im Reinen, und ganz den
Naturgewalten der irischen Küste anvertraut,
fühlte er sich frei. Frei auch in seinen Gedanken.
Vielleicht sollte sich ein Rad drehen, durch die
Kraft des Wassers, oder doch eher Flügel, die
vom Wind angetrieben werden. Es könnte aber
auch eine Bewegung wie bei einem Webstuhl in
Frage kommen - vor und zurück, wie das Meer,
das seine Wellen an die Klippen treibt, wo sie
zerbrechen und dann wieder seicht abgleiten, um
erneut anzuschlagen. Wie Jeremia so nachdachte
und bemerkte, dass seine Jacke für die frühen
Morgenstunden eindeutig zu dünn war, traf
plötzlich eine Welle so wuchtig auf den Felsen,
auf dem er, nur gestützt von seinem Gehstock,
stand, dass er fast das Gleichgewicht verloren
hätte. Zum Glück konnte er sich halten, doch sein
linkes, unteres Hosenbein wurde von den Fluten
durchtränkt. So ein Mist fluchte er, wie es nur die
Iren können. Zum Glück kommt da hinter den

Bergen die Sonne unter dem Nebel hervor, da wird es sicher bald wärmer werden und meine Hose trocknet wieder, stellte er für sich fest. An diesem Tag fügte Sir MC Glorie seinem Gedankengespinst zu Wind und Wasserantrieben gleich noch eine weitere Idee hinzu. Durch sein feuchtes Missgeschick inspiriert, dachte er darüber nach, eine Kammer zur Nutzung des Sonnenlichtes zu integrieren. Ja, er war schon recht schlau, und seiner Zeit weit voraus, der Sir Jeremia MC Glorie, der bereits im Jahre 1895 über ökologische Antriebsenergien nachdachte, so ganz nebenbei, beim Spaziergang am Meer.

7 Übermut tut selten gut

Langsam hielt der Herbst Einzug in den kleinen Ort. Die Blätter segelten langsam, wie hunderte Luftschiffchen, angeschoben durch eine leichte Brise, ganz sanft, lautlos zu Boden. Es roch nach Regen und Pilzen und zuweilen war es bereits notwendig eine wärmere Strickjacke überzuziehen. Die Menschen versuchten, die bunten Laubhaufen zusammen zu harken, bevor der nächste Windstoß sie wieder verwehte. So mancher Bürger von Kleinfahlheide versuchte sich ein lautes Fluchen zu verkneifen, denn schließlich waren Kinder in der Nähe, die keine unangebrachten Worte hören sollten. Erwachsene bemühen sich ja meistens darum, ein gutes Vorbild zu sein, auch wenn es um den Sprachgebrauch geht. Julian und sein Bruder Leonard hingegen hatten viel Spaß, das Laub in die Schubkarren zu verladen und es auf der Wiese unter dem Apfelbaum aufzutürmen.

Eine riesige Blätterburg sollte es werden. Langsam, aber sicher, wuchs ihre Burg von einem kleinen Haufen zu einem mächtigen Berg an. Als sämtliche Blätter aus der Nachbarschaft aufgeschichtet waren, kam den Brüdern eine geniale Idee. Sie holten ihre Rutsche aus dem Garten. Das war ganz schön anstrengend, das schwere Gestell bis zum Berg zu schleppen, doch die Jungs schafften es mit vereinten Kräften bis an ihr Ziel. Nun positionierten sie die Rutsche so über ihrer Blätterburg, dass sie geradewegs mit viel Schwung mitten hineinrutschen konnten. Das war ein Spaß. Immer wieder, und von Mal zu Mal etwas wilder, rutschten die Jungs in den Laubberg. Das Herauskrabbeln war zwar jedes Mal anstrengend, doch es schmälerte nicht im Geringsten ihre Lust am Rutschen. Nun wollte Julian es rückwärts versuchen, was wunderbar klappte. Er johlte vor Vergnügen und testete es noch mehrere Male. Als nächstes legte es sich bäuchlings auf die Rutsche, doch das wiederholte er lieber nicht noch einmal, denn bei so viel Schwung tauchte er fast schon im Blätterberg ab und hatte dann einige feuchte Blätter im Gesicht kleben, als er wieder auftauchte. Doch nun war sein Ehrgeiz geweckt und zum Mut gesellte sich der Übermut. Julian kletterte die Rutsche erneut hoch und wollte es nun im Stehen versuchen, obwohl er wusste das es gefährlich war und Leonard versuchte ihn davon abzuhalten. Zu spät … mit einem lauten poltern donnerte Julian die Rutsche hinunter und landete Kopf über im Laubberg. Sofort stürzten alle anwesenden Bewohner herbei und zogen Julian aus dem Laubhaufen heraus. An seinem Körper waren mehrere Striemen und an seiner Stirn war eine grandiose Beule zu erkennen. Julians Mutter schimpfte, doch gleichzeitig war sie froh, dass ihm nichts Schlimmeres widerfahren war. Es dauerte eine Weile, bis Julian registrierte, dass er Kopfschmerzen bekam und ein wenig schlecht war ihm auch. Tja, „Übermut tut selten gut" sagte seine Mutter, gab ihm einen sanften Kuss auf die

Stirn, zog die Vorhänge zu und Julian verbrachte
den Rest des Tages im Bett.

8 Pablo

Pablo war ein echter, stolzer und temperamentvoller Spanier. Lange hatte er auf der Straße gelebt und oft geriet er in Situationen, die er lieber vermieden hätte. Pablo war der älteste von sechs Geschwistern und weil seine Familie in sehr beengten Verhältnissen lebte, sollte er das gemütliche Heim verlassen. Bis heute konnte er nicht verstehen, warum sie ausgerechnet ihn vor die Tür gesetzt hatten, aber so war es nun mal und er versuchte, das Beste daraus zu machen. Eine neue Bleibe zu finden, klappte leider nicht sonderlich gut. Alle Versuche längerfristig irgendwo unterzukommen waren bislang fehlgeschlagen. Manchmal gab ihm jemand etwas zu essen und er hatte schnell herausgefunden, wo es sauberes Trinkwasser und einen Platz zum Übernachten gab. Je mehr Touristen sich in der Hauptstadt Mallorcas aufhielten, um so mehr viel für ihn ab. Pablo kannte alle Stellen, wo es für ihn leicht war, etwas zu ergattern, zum Beispiel nahe der Kathedrale oder am Hafen, wenn dort die großen Kreuzfahrtschiffe vor Anker lagen. Das wussten allerdings auch die Anderen auf der Straße lebenden der Insel und so musste Pablo oft abwägen, ob er seinen Platz verteidigen oder doch lieber räumen sollte. Ein schönes Leben war das nicht, doch wenigstens war er frei und konnte seine Zeit überall auf der Insel verbringen. Es gab allerdings so manche Gegenden, da ging er lieber

nicht hin. Dort wurde viel getrunken und so
einige betrunkene Touristen wurden dann schnell
hemmungslos oder aggressiv. So hatte ihn einmal
einer dieser Trunkenbolde getreten und das ohne
Grund. Dabei wollte er nur friedlich am Strand
liegen und die Sonne genießen. Seit diesem
Zwischenfall suchte er sich ruhigere Plätze aus.
Zum Glück waren die Nächte im Sommer mild
und Pablo musste nicht frieren. Wenn nachts die
Sterne über ihm leuchteten und am Strand Ruhe
eingekehrt war, schlief er zwischen den
schützenden Felsbrocken Calla Rajadas ein und
träumte von einem besseren Leben. Eines
Morgens wurde Pablo von lautem Gebell
geweckt. Es dauerte einen Augenblick, bis er
begriff, warum der Tumult am Strand ausuferte.
Einen Moment zu spät, denn in dem Augenblick,
als er weglaufen wollte, spürte er bereits die
Schlinge um seinen Hals, aus der es kein
Entkommen gab. Er wurde in den weißen
Kastenwagen gezerrt und zusammen mit anderen
eingesperrt. Pablo dachte, sein Schicksal sei nun
besiegelt, denn immer wieder gab es Gerüchte
darüber, dass niemand mehr zurückkehrte, der
einmal von der Straße aufgegriffen wurde. Er
hatte schreckliche Angst und sein Herz klopfte
laut. Außerdem war ihm schlecht, was aber auch
daran liegen konnte, dass der Wagen so
schlingerte und Auto fahren war etwas, das er
bisher noch nie ausprobiert hatte. Irgendwann
hielt der Wagen an und einer nach dem anderen
wurde herausgeholt und in ein Gebäude geführt.
Nun wurden sie in enge Zellen gesperrt und dann

schlossen sich die Türen. Hier war es nicht nur
ungemütlich, sondern auch noch dreckig und
dunkel. In der Luft lag ein fürchterlicher Geruch
aus Angst und Tod. Pablo wusste nicht, was er
machen konnte, um sich aus diesem Gefängnis zu
befreien. In seiner Verzweiflung über seine
Situation passierte ihm etwas, was ein stolzer
Spanier sonst niemals zugelassen hätte. Er heulte
so laut und herzzerreißend, dass es nur so durch
das Gebäude schallte. Leider führte das dazu,
dass einer der Wärter kam und auf ihn einschlug.
Er brüllte ihn an „Halt´s Maul!“, und dann schlug
er noch einmal zu. Pablo begriff sofort, dass er
gegen diesen Gegner keine Chance hatte und
verzog sich leise wimmernd in die Ecke seiner
Zelle. Irgendwann, nach einer gefühlten
Ewigkeit, ging erneut die Tür zu seiner Zelle auf
und Pablo fürchtete gleich wieder eins mit dem
Stock zu bekommen, doch stattdessen hörte er
eine freundliche Frauenstimme. „Ach herrje, wer
hat dich denn so zugerichtet?“ Pablo blinzelte
und sah in das Gesicht einer großen, blonden Frau
mit weißem Kittel, die vor ihm stand. Sie machte
einen Schritt auf ihn zu und dann entdeckte er
etwas in ihrer Hand .... autsch, das Ding stach in
Pablos Bein und dann konnte er nichts mehr
machen. Er kippte zur Seite und blieb regungslos
liegen. Die Frau war eine Ärztin aus Deutschland
und kam jeden Monat an diesen Ort, um die
gefangenen Streuner zu untersuchen, zu impfen
und im Rahmen des Tierschutzes zu helfen. Die
Wärter waren teilweise nicht sonderlich erfreut
über ihr Engagement, denn sie sahen die

Straßenhunde nicht als schützenswerte
Lebewesen, sondern nur als unnütze Streuner an.
Manche von ihnen kehrten tatsächlich nicht
wieder auf die Straßen Mallorcas zurück, sondern
traten in der Tötungsstation den Weg über die
Regenbogenbrücke an. Doch einige hatten Glück,
so wie unser Pablo, den die Tierärztin mit nach
Deutschland nahm. Die Spritze hatte sie ihm
übrigens gegeben, um ihm den Flug zu
erleichtern. Denn fliegen hatte Pablo auch noch
nie ausprobiert. In seiner neuen Heimat bekam
Pablo nach kurzer Zeit ein Zuhause, wie er es
bisher nicht kannte. Anfänglich war er noch etwas
skeptisch, ob diese Menschen ihn auch wirklich
bei sich haben wollten. Doch nach einer Weile
fasste er vertrauen und spürte, dass er zu ihrem
Rudel gehörte, und sein stolzes, spanisches
Temperament musste er nur manchmal etwas
zügeln.

9 Cuevas del Drach

Wie der geöffnete Schlund eines Drachen wirkt
der Eingang in den Höhlenbereich. Noch breit
und mit etwas Tageslicht gespickt, ist der
weitläufige Weg in die Tiefe der Cuevas del
Drach gut zu erkennen. Doch je tiefer in die
unterirdischen Gänge vorgedrungen wird, um so
dunkler wirken die felsigen Wände, die sich
optisch näher zum Weg schieben. Auch die Decke
über dem Weg scheint sich zu senken.
Beklemmend für Menschen, die an
Klaustrophobie leiden. Der Weg zieht sich immer
tiefer und tiefer nach unten. Mittlerweile wird es
feucht und kalt und an den Felswänden sind, im
fahlen Schein der Fackeln, sanfte Rinnsale aus
Tropfen zu erkennen. Von der Decke bis zum
Boden haben sich über viele Jahrzehnte
Tropfsteine gebildet. Faszinierend, was die Zeit
so hervorbringt. Die Gebilde und Formationen
fühlen sich glatt an. Noch weiter hinab führt der
Weg bis zum unterirdischen See, der im inneren
der Höhle zu bewundern ist. Ein sanftes Gluckern
des Wassers ist wahrzunehmen und dann wird es
plötzlich ganz still. Von einem wasserführenden
Seitenarm, der in den See mündet, ertönt
Geigenmusik, die langsam lauter wird. Dann sind
mehrere Boote zu sehen. Beleuchtet von Fackeln
und Laternen steuern sie langsam auf die Mitte
des Sees zu. Mehrere Musiker spielen auf ihren
Geigen ein klassisches Musikstück, was in den

Höhlen durch Widerhall vervielfacht wird. Es klingt wie ein Riesenorchester und ich bekomme Gänsehaut.

27

So erlebt auf Mallorca

10 Kopfschmerzen

Es gibt viele Arten von Kopfschmerzen. Manche entstehen aus unnötig selbstgemachtem Stress und lassen sich mit Ruhe und Entspannung schnell wieder abstellen. Doch auch der Kopfschmerz, der entsteht, weil ich mich ablenken ließ und mit dem Schädel an die Fensterecke stieß. Durch ein beherztes Aufschreien gegen den akuten Schmerz und anschließendem gezielten Kühlen der entstehenden Beule, kann er schnell vergessen werden. Es gibt jedoch diesen immer wiederkehrenden Kopfschmerz, der einfach nicht enden will. Keine Ruhe- und Entspannungsübung hilft und auch die Einnahme diverser Pillen erzielt keine Wirkung. Ebenso versagen Methoden, wie frische Luft tanken, im abgedunkelten Raum liegen oder schlafen. Er sitzt tief im Kopf und hämmert sich mit jedem Gedanken, mit jeder Bewegung, stärker durch die Schädelregionen. Irgendwann ist der Schmerz so übermächtig, dass man meinen möchte, er bräche gleich aus der Schädeldecke oder der Stirn hervor, um auch noch den restlichen Körper zu übernehmen. Je mehr sich deine Gedanken um den Schmerz drehen, umso stärker wird auch dein Wunsch, einfach in Ohnmacht zu fallen, um ihn nicht mehr spüren zu müssen. Leider klappt das aber nur in den seltensten Fällen. Doch irgendwann zwingt dich dein Körper dazu, den

Schmerz zu akzeptieren, ihn einfach zuzulassen und als das zu begreifen, was er ist. Ein zu häufig ignoriertes Warnsignal! Künftig wirst du dann hoffentlich eher die kleinen Zeichen wahrnehmen und darauf reagieren, indem du dir im Kopf gut zuredest und es dann laut aussprichst … Stress lass nach!

11 Der Garten der Wörter

Es sollte ein großes Treffen werden. Ein Bankett der Wörter im sonnigen Garten der Lexika und Duden. Bei den Einladungen gab es je nach Herkunft und Stand der Gäste gewisse Unterschiede. So erhielt die Elite der Fremd - und Fachwörter Einladungen, die auf edlem Büttenpapier gedruckt waren und in goldenen Briefkuverts versendet wurden. Die gehobeneren Alltagsworte bekamen ihre schriftlichen Einladungen in Form einer Karte, deren Ränder silbern eingefasst waren, wohingegen die einfachen Umgangsworte lediglich eine förmliche E-Mail erhielten, in deren Anhang ein Ticket zur Vorlage angefügt war. Die Schimpfworte hatten keinen Zutritt zum Garten, denn offiziell wurde ihnen keine Einladung erteilt. Sie wurden lediglich hinter dem Zaun geduldet und durften sich anhören was die anderen Gäste zu berichten hatten. Die Eröffnungsrede hielt Herr Entrée. Er zählte zur Elite, weil er schon häufiger in Europa unterwegs war und so Kontakte zu Fremdwörtern knüpfen konnte. Er begrüßte die geladenen Gäste und dann referierte er über den Untergang der gehobenen Sprache, die zunehmende Verrohung der Worte und darüber das der allgemeine Wortschatz immer mehr an Niveau verlor. Ganze Salven der Entrüstung kamen ihm über die Lippen, wobei er immer darauf bedacht war, nur Worte zu nutzen, die seines Standes würdig waren. Ein Teil der Gäste verstand somit nur die Hälfte seiner Ausführungen, andere schwiegen verlegen und die Worte hinter dem Zaun hofften einfach nur das er bald mal fertig würde mit seinem Gelaber. Irgendwann kam Herr Entrée tatsächlich zum Ende seiner Rede und forderte abschließend alle Gäste dazu auf, an positiven Ereignissen mit Worten festzuhalten und diese mit anderen zu teilen. Da meldete sich ganz schüchtern das kleine Mädchen mit dem Namen Bescheiden aus der dritten Reihe zu Wort.

„Entschuldigung, ich würde gerne von einem positiven Ereignis berichten".

Alle Gäste schauten nun erwartungsvoll auf Bescheiden und da wurde sie ganz rot vor Verlegenheit. Doch dann nahm sie ihren ganzen Mut zusammen und erzählte darüber, dass sie vor ein paar Tagen miterleben konnte, wie das Wort Hilfsbereit einer alten Oma die schweren Taschen nach Hause trug. Die Oma hatte vor lauter Freude und Dankbarkeit über diese unerwartete Hilfe fast geweint. Daran kann man sich ein Beispiel nehmen, raunten die Alltagsworte.

„Dat is ja voll dufte", tönte es aus einer der hinteren Reihen.

Diese lautstarke Bemerkung kam von Digga, einem der neu modernen Umgangswörter, die hauptsächlich von der jüngeren Generation genutzt werden. Nun richteten sich alle Augen auf ihn und er legte direkt nach.

„Tolle Wolle die Aktion, doch echt ma Alter, wen interessiert das. Ich hab Hunger, gibt es hier jetzt endlich was zu futtern oder muss ich mir noch mehr Laberkram anhören. Dat is echt krass öde.“

„Oh wie unflätig!“, brüskierten sich die edlen Fremdwörter, „Der junge Umgangssprachler benötigt dringend mehr Esprit und weniger Frechheit. So etwas unverschämtes, wie kann er es nur wagen!“

Digga reagierte sofort und absolut treffsicher auf die Worte der Elite.

„Okay, is ja schon jut, denn bin ich jetzt mal extra vornehm und sage ihnen“

… er schwieg ein paar Sekunden und sah leicht provokant in die Runde, holte noch einmal Luft und folgender Satz kam aus seinem Mund.

„Ihre Aussage tangiert mich peripher, wenn sie verstehen, was ich meine.“

„Oh wie unverschämt!“ war wieder die Reaktion der Fremdwörter.

„Na das ist ja ein dickes Ding, der traut sich was!“, kam Zuspruch von den Alltagsworten.

„Aber, aber meine Herrschaften wir wollen doch nicht streiten.“, gab nun Herr Friedlich seinen Senf dazu, „Am besten beruhigen wir uns jetzt alle wieder und genießen unser schönes Gartenfest.“

„Beruhigen? Beruhigen!?", entrüstete sich Frau Exorbitant, „der Flegel gehört hinter den Zaun. So ein Benehmen dürfen sie nicht dulden Herr Duden. Wo kommen wir denn da hin, wenn jeder x beliebige Emporkömmling hier machen kann, was ihm gerade einfällt?"

„Was, Emporkömmling? So sehen sie uns!", schimpfte jetzt Bro ein guter Kumpel von Digga.

„Wenn hier einer die Biege machen sollte, dann so eine gewöhnliche Schachtel wie sie, die glaubt etwas Besseres zu sein, nur weil ihr Name außergewöhnlich klingt!"

Die Stimmung im Garten der Wörter heizte sich immer mehr auf und hinter dem Zaun wurden bereits Wetten abgeschlossen, welche Wörter wohl bei diesem Fest zu Schimpfworten degradiert werden würden. Das kleine Arschloch wettete auf Digga, denn der war zwar beeindruckend, aber auch echt ätzend. Doch dann kam alles ganz anders als erwartet. Der vornehme Herr Duden der alle Wörter eingeladen hatte, drehte plötzlich vollkommen durch und brüllte in das Mikrofon des Rednerpults.

„Verdammt nochmal ihr aufgeblasenen Nervensägen, mir reicht es jetzt!"

Er katapultierte alle Vornehmtuer mir nichts dir nichts hinter den Zaun.

„Raus aus meinem Garten ihr Wörter der Arroganz und Überheblichkeit."

„Und nun zu euch, ihr Worte der neuen Generation. Ihr seid noch jung und oft rebellisch. Sicher verstehen wir Älteren auch nicht immer, was ihr zum Ausdruck bringen wollt, doch wenn wir uns alle bemühen, ein wenig aufeinander zuzugehen, finden wir sicher für jedes Wort und jeden Ausdruck einen Platz im Garten der Wörter.“

Für einen Moment herrschte betretenes Schweigen im Garten.

„Okay“, sagte Digga in die Stille.

Er hatte den Worten von Herrn Duden gut zugehört und ihre Bedeutung verstanden.

„Dann sollten wir den Zaun öffnen und alle gemeinsam feiern, egal ob edel, neu, alltäglich oder andersartig“, sagte er, und öffnete die Pforten.

12 Das dicke Huhn

Aus Keramik gefertigt, mit einer glänzenden Glasur überzogen, die an selbst gegossene Seife mit Pfefferkörnern erinnert. Nicht weiß aber auch nicht beige, so irgendetwas dazwischen mit anthrazitfarbenen kleinen Sprenkeln, die wie zerstoßener Pfeffer wirken, wenn dieser auf ein Brot mit Leberwurst trifft. Das Huhn ist wie eine aufgeplusterte Glucke, dick und eher rundlich, gearbeitet. Vielleicht dachte der Schöpfer dieses Werkes tatsächlich an eine brütende Henne, die breit auf ihrem Gelege sitzt, um es warm zu halten. Oder er hatte schlussendlich nur einen Klumpen Ton in die Hand bekommen, hieß Fritz, war Schüler einer 4. Klasse und seine Kunstlehrerin hatte sich in den Kopf gesetzt, noch vor Ostern mit den Schülern zu töpfern. Ein Hase schien für Fritz noch schwerer gestaltbar zu sein, weshalb er sich für das dicke Huhn entschied. Wie sich herausstellte war das aber auch nicht einfach. Er knete das Tonstück und schlug darauf ein, damit bloß keine Luftblasen eingeschlossen wurden. Eine einzige kleine Luftblase konnte dazu führen, dass der Ton beim Brennvorgang auseinander berstet und dann wäre die ganze Arbeit umsonst gewesen. Für einen kurzen Moment stellte sich Fritz vor wie sein Huhn im Ofen explodieren würde. Doch nur ganz kurz. Er war schließlich ein netter Junge und wollte nicht dafür verantwortlich sein, wenn sein Huhn die

Arbeiten seiner Mitschüler gleich mit zerstören
würde. Also weiter geschlagen, gerollt, gekugelt
und geformt. Und zu guter Letzt war doch ein
Huhn entstanden und er hatte die Aufgabe
gemeistert. Nun nur noch ein Loch von unten
Bohren, damit der Ton schneller trocknet vor dem
Brennen. Seine Anfangsbuchstaben einritzen
nicht vergessen und sein Huhn ganz vorsichtig in
das Trockenregal stellen. Puh, geschafft! Nun nur
noch den Platz aufräumen und dann endlich in die
Pause.

13 Der ungebetene Besucher

Frau Rose stand in ihrer Küche und träumte so
vor sich hin, als es an der Haustür schellte.
Herausgerissen aus ihrem Tagtraum vom Hotel
am Appenzeller See, wo sie vor vielen Jahren
ihren Karl-Heinz kennengelernt hatte, ging sie
etwas genervt an die Haustür. Sie öffnete die
Haustür und vor ihr stand ein gut gekleideter
Mann mit einem Staubsauger in der Hand und
einem breiten Grinsen im Gesicht.

„Guten Tag werte Frau, ich komme von der Firma
„Super Sauber ohne Stress" und würde ihnen
gerne unser neuestes Produkt vorführen."

Schon wieder einer dieser Staubsaugervertreter,
dachte Frau Rose, doch dann fasste sie einen
Plan.

„Kommen sie doch herein und zeigen sie mal,
was das Gerät so alles kann." Der Verkäufer war
sichtlich erfreut, nicht abgewiesen zu werden und
folgte Frau Rose auf dem Fuße.

„Zuerst mal hier im Wohnzimmer, da wo der
Flokati Teppich liegt. Hier ist meinem Enkelchen
vorhin etwas von seinem Apfelkuchen
heruntergekrümelt und ich hatte noch keine Zeit
es zu beseitigen."

„Kein Problem für den Fixweg", sagte der Mann
und saugte den Flokati ab.

„Prima, dann kommen sie doch mal mit in die Werkstatt neben der Garage, da ist noch eine andere Herausforderung. Dort ist ein Unglück mit dem Feuerlöscher passiert und nun ist das Pulver überall verstreut."

„Kein Problem für den Fixweg", sagte der Mann wieder und beseitigte schnell und gründlich auch diesen Dreck.

Frau Rose überlegte währenddessen insgeheim welche Aufgaben sie dem Vertreter noch aufdrücken könnte und wie sie ihn nach getaner Arbeit wieder los wird. Da kam ihr eine Idee.

„Guter Mann, vielleicht können sie mir die Saugkraft noch auf der Treppe bei den Stufen beweisen."

Das vorgegaukelte Interesse schien zu wirken, denn der Mann sagte wie schon zuvor, „kein Problem für den Fixweg" und legte los.

Frau Rose hingegen schlich sich kurz in die Küche und rief ihren Mann an, der für einen Abschleppdienst tätig war und bat ihn doch mal kurz nach Hause zu kommen, weil dort ein fremdes Auto von der Firma „Super Sauber ohne Stress" vor der Einfahrt parkt und dringend abgeschleppt werden sollte. Herr Rose sagte zu in 5 Minuten dort zu sein. Der Staubsaugervertreter hatte auch die letzte Aufgabe erfüllt als Frau Rose aufgeregt zu ihm kam und ihm mitteilte, dass sein Fahrzeug gerade vom Abschleppdienst aufgeladen wird.

„Oh nein!", rief der Mann und rannte mit seinem Staubsauger zur Tür hinaus, die Frau Rose kurzerhand hinter ihm verschloss. Zur Sicherheit stellte sie für den Rest des Tages auch noch die Klingel ab.

14 Single - Börse

Wie so oft dachte Julia darüber nach, warum ihr Mann sie immer wieder belogen und betrogen hatte. Sie hatte ihm doch stets den Rücken gestärkt und zu ihm gehalten, egal wie verrückt seine Ideen und Selbstverwirklichungspläne auch waren. Umsorgt und bestätigt hatte sie ihn und nie daran gezweifelt, dass er sie genau so lieben würde, wie sie ihn liebte. Beim ersten Seitensprung schob sie es darauf, dass sie zu wenig auf seine Bedürfnisse eingegangen war und bemühte sich danach noch mehr um ihn. Doch offenbar reichte das nicht aus, denn er betrog sie wieder und wieder und versuchte ihr auch noch ein schlechtes Gewissen einzureden. Irgendwann war es dann auch für Julia genug und sie zeigte ihrem untreuen Gatten die rote Karte. Sie entließ ihn aus der Ehe, der gemeinsamen Wohnung und aus ihrem Leben. Nun war sie Mitte dreißig und wieder Single. Was meinten neulich ihre Kolleginnen beim Pausenkaffee. Frauen über dreißig werden eher vom Blitz getroffen als noch einen Partner fürs Leben zu finden. Hatten sie etwa recht damit? Rein statistisch betrachtet standen ihre Chancen tatsächlich schlecht. Die meisten Männer ihres Alters waren entweder vergeben, durch Scheidung geschädigt, was eine neue Bindung anging, oder wohnten im schlimmsten Fall noch bei Mutti und hatten noch nie eine Beziehung.

Wollte sie überhaupt eine feste Bindung
eingehen? Ihr gefiel es doch eigentlich ganz gut
Single zu sein. Sie konnte machen, was sie
wollte, musste keinerlei Rücksicht nehmen auf
die Befindlichkeiten eines Partners und
schlussendlich kauft man ja auch nicht gleich eine
Kuh, wenn man mal Lust auf ein Glas Milch hat,
oder? Sie schickte also die Gedanken an Peter in
die Wüste und meldete sich auf Single Börse 38
an. In ihrer Profilbeschreibung blieb sie ehrlich
was ihr Alter, ihren Beruf und ihre Hobbys
anging. Bei der Angabe zu ihrer Kontaktsuche
setzte sie ein Häkchen bei Freundschaft und im
Text vermerkte sie, dass eine spätere Beziehung
nicht ausgeschlossen sei. Sie wollte es locker
angehen, doch sich auch nicht wie Freiwild
anbieten. Nun noch ein Foto hochladen, auf dem
sie attraktiv und gleichzeitig sportlich aussah. Das
vom letzten Segelurlaub schmeichelte ihr, auch
wenn er schon eine kleine Ewigkeit her war.
Braune Haut, schlanke Figur, in einem maritimen
Outfit geknipst vor Korfu. Ja, das ist es, dachte
Julia und drückte den Upload Button. Jetzt hieß
es abwarten, welche interessanten Männer sie
kontaktieren würden. Sie musste nicht lange auf
eine Reaktion warten. Jürgen war der erste
Kandidat, der mit ihr chatten wollte. Julia warf
einen Blick auf sein Profil und dort beschrieb sich
der gute Jürgen als offen, tolerant, gebildet und
sportlich. Die Fotos zeigten ihn im Porsche, auf
einem Motorrad und vor einer schicken Villa. Von
Beruf war er Ingenieur bei einem
Automobilkonzern und suchte eine charmante,

gebildete Schöne, die ihn auf seinen vielen
Reisen und vielleicht auch durch den Rest seines
Lebens begleiten wollte. Wow, dachte Julia und
begrüßte ihn im Chat mit einem unverfänglichen:

„Hey Fremder".

Eine Antwort folgte direkt.

„Hallo, ich bin Jürgen und wenn du magst,
könnten wir das mit dem Fremden ja vielleicht
ändern?"

Von diesem Moment an hatte er sie an der Angel.
Täglich schrieben sie im Chat über Gott und die
Welt und lernten sich dabei immer besser kennen.
Oft saß Julia bis in die Nacht hinein an ihrem
Rechner, um sich mit Jürgen auszutauschen.
Wenn er für die Arbeit im Ausland unterwegs
war, wartete sie ungeduldig darauf, dass er sie
anschrieb und es war ihr egal, wenn die
Zeitverschiebung dafür sorgte, dass sie weniger
Schlaf bekam. So ging es über viele Wochen und
Julia wollte die Stimme dieses Mannes hören, der
immer die richtigen Worte schrieb und mit dem
sie scheinbar so viele Gemeinsamkeiten hatte.
Heute wollte sie Jürgen fragen, ob er mit ihr
telefonieren mag. Am Abend meldete er sich mit
den üblichen Worten im Chat.

„Hallo, hier ist dein Fremder.", stand auf dem
Bildschirm.

Dann folgte ein:

„Bist du da?"

Julia war hin und her gerissen, ob sie ihn zum Telefonat bewegen sollte. Doch dann hatte sie eine Idee und schickte ihm einfach nur ihre Handynummer. Ihr Herz klopfte heftig und sie starrte auf ihr Smartphone in der Hoffnung, dass es klingeln würde. Die vergangenen Sekunden fühlten sich wie eine Ewigkeit an. Hatte er ihren Wink nicht verstanden oder wollte er nicht mit ihr telefonieren, spukte es durch ihren Kopf. Doch da klingelte ihr Smartphone in der Hand und mit zitternden Fingern nahm sie den Anruf entgegen

„Hey", sagte sie und hatte das Empfinden, dass ihre Stimme belegt klang.

„Hallo du", drang es weich und tief aus dem Hörer, „hier ist dein Fremder."

Der Klang seiner Stimme ließ sie augenblicklich dahin schmelzen.

„Wie geht es dir, hattest du einen guten Tag?" fragte Julia.

„Naja, es war anstrengend, aber wer im Leben etwas erreichen will, darf harte Arbeit nicht scheuen. Nur irgendwelchen Ideen nachjagen bringt einen nicht weiter, wenn man, so wie ich, seine Ziele erreichen möchte."

Er ist ganz anders als Peter, so zielstrebig dachte Julia. Nach etwa zwei Stunden beendeten sie ihr Telefonat und Julia ging heute mit jeder Menge Schmetterlingen im Bauch zu Bett. Es folgten viele Telefonate und wenn die Zeitverschiebung

zu groß war, hinterließ Jürgen einige Zeilen, als
Morgen oder Abendgruß, im Gästebuch auf Julias
Profilseite. Er war für Julia zum Traummann
geworden und sie war bereit, bereit für den
letzten Schritt. Sie wünschte sich ein Treffen von
Angesicht zu Angesicht. Als sich Jürgen an
diesem Abend bei ihr meldete, kam er ihr zuvor
und bat sie um ein Rendezvous. Er schlug vor
sich in einem Kaffeehaus in der Münchner
Altstadt zu Treffen. Am Freitag würde es bei ihm
wunderbar passen, denn dann wäre er aus Bremen
zurück und hätte nur für sie Zeit. Julia wurde es
ganz warm ums Herz und sie konnte ihre Freude
über die Einladung kaum verbergen.

„Also dann sehen wir uns morgen um 15 Uhr im
Kaffeehaus Bayern", bestätigte sie noch einmal
den Treffpunkt und dann legte sie auf.

Zwei Stunden hatte Julia in ihr perfektes
Aussehen investiert. Sie wollte Jürgen endgültig
für sich gewinnen und ihren Kolleginnen
beweisen, dass auch Frauen über dreißig tolle
Männer abbekommen. Aber sie war auch nervös,
denn bislang kannten sie sich nur durch ihre
Telefonate und die Worte, die sie sich schrieben.
Was wäre, wenn es alles nur eine Traumblase ist,
die zerplatzt, sobald sie sich begegnen. Sie hatte
keine Zeit mehr darüber nachzudenken. Es war
halb drei und sie musste los. Der Verkehr war
dicht und so traf sie um kurz vor 15 Uhr am
Treffpunkt ein. Sie betrat das Kaffeehaus und sah
sich suchend um. Offensichtlich ließ Jürgen noch

auf sich warten, denn sie konnte keinen 190 cm
großen, muskulösen Mann entdecken. Im hinteren
Bereich des Kaffeehauses war noch ein Tisch frei
und Julia steuerte darauf zu und nahm auf einem
der beiden Stühle Platz. Nun war es bereits nach
15 Uhr, stellte sie bei einem Blick auf die Uhr
fest, als sie Jürgens Stimme hörte

„Hey, ich freue mich dich zu sehen.“

Julia blickte auf und war irritiert. Der Mann, der
da vor ihr stand, hatte zwar Jürgens Stimme und
Größe, aber das war bestimmt nicht Jürgen.
Obwohl eine große Ähnlichkeit durchaus gegeben
war.

„Ist Jürgen vielleicht etwas
dazwischengekommen?“, fragte Julia den Mann.

„Nein“, druckste ihr Gegenüber herum, „ich bin
Jürgen. Bitte verzeih mir, ich habe ein wenig
geschummelt und alte Fotos eingestellt, denn man
sagte mir, dass ein Mann über vierzig eher vom
Blitz getroffen, wird als eine Partnerin fürs Leben
zu finden.“

Julia konnte nicht länger an sich halten und fing
schallend an zu lachen. Ihr liefen schon die
Tränen und sie konnte gar nicht wieder aufhören.
Als sie sich wieder gefangen hatte, stand sie auf
und Jürgen dachte, dass sie ihn jetzt abservieren
würde. Doch Julia sagte lächelnd:

„Hey Freund.“

15 Das Rezept zum jung fühlen

Im Laufe der letzten Jahre habe ich für mich festgestellt, dass ich offensichtlich mit zunehmendem Alter immer jünger werde. Sicherlich trägt auch mein vorwitziger dreijähriger Enkel zu diesem Zustand bei. Er hält mich auf Trab und freut sich immer auf neue Aktivitäten, die ich mir für ihn einfallen lasse. Seine Freude am Handeln und Ausprobieren zu erleben, wirkt sich mehr als positiv auf meinen Gemütszustand aus und ich habe genau so viel Freude am Gestalten und Herumexperimentieren, wie er. Irgendwie hole ich meine verpasste Kindheit jetzt als Oma nach. Auch bei Ausflügen und Veranstaltungen bade ich im Jungbrunnen, indem ich eintauche in den Trubel oder ganz gezielt einsame Stellen aufsuche, wo ich meinen Gedanken nachhängen kann. Das Wichtigste, um jung zu bleiben, ist für mich keine Einschränkungen wegen meines im Ausweis stehenden Alters zu akzeptieren. Machen was mir Spaß bringt und körperlich umsetzbar ist. Sei es die Teilnahme an einem über mehrere Tage andauernden Festival oder Reisen in ferne Länder. Allein? Ja klar, kein Problem für mich. Wenn ich Kontakte wünsche, werde ich sie finden. Klappt im Regelfall ganz leicht, wenn ich aufgeschlossen, mit einem Lächeln im Gesicht, vor der Bühne abzapple oder am abendlichen Büfett andere Gäste anspreche, ob die eine oder andere Speise schmeckt. Alles, was ich dafür brauche, ist eine kleine Portion Selbstvertrauen. Klappt es nicht, dann stört mich das auch nicht weiter, denn Freude kann ich durchaus auch ohne Anschluss empfinden. Jung bleiben heißt für mich aber auch, mich weiterzubilden, Neues ausprobieren und mit der jüngeren Generation im Austausch zu bleiben. Um Erfahrungen weiter geben zu können oder selbst neue Erfahrungen zu machen, ist ein Austausch unerlässlich. Stillstand ist für mich ein Zustand, den ich nur schwer bis gar nicht ertragen kann. Es gibt einfach noch so viel, was entdeckt, erlebt und ausprobiert werden will. Da auch ich nicht jünger werde und Uhren nicht rückwärtslaufen, lebe ich jeden Tag so bunt, spontan und intensiv wie möglich, denn bislang ist es für mich das Rezept zum jung fühlen.

16 Der Apfel

Als Kind schon liebte ich Äpfel, doch die gab es nicht sehr oft bei uns, denn das Geld war meist knapp. Doch auf dem Weg zur Schule kam ich immer an alten, verwilderten Gärten vorbei, die von niemandem mehr bewirtschaftet wurden. Die Umzäunungen waren morsch und zum großen Teil aus den Bodenverankerungen gerissen, Eingangspforten hingen baumelnd an windschiefen Pfosten. Das Grass war stellenweise so hoch, dass sich die wilden Kaninchen darin gut verstecken konnten. Ich liebte diese Gärten, denn sie waren mein Zufluchtsort. Hier saß ich oft unter einem der alten Bäume und beobachtete die Schmetterlinge und stellte mir vor mit ihnen zu fliegen. Manchmal spielte ich auch Prinzessin und der Garten war in meiner Phantasie verwunschen. Dann konnte ich mit den Tieren sprechen und sie waren meine besten Freunde. Es fiel mir nicht leicht, Freunde zu finden, denn ich war sehr schüchtern. Aber wirklich schlimm fand ich es nicht alleine zu sein, denn so konnte ich in meinen Gärten machen, was ich wollte, und keiner lachte mich aus oder wollte der Bestimmer sein. Einen der Gärten liebte ich am meisten, vielleicht, weil es der Einzige war, in den ich nicht gelangen konnte. Er war von einem hohen Eisenzaun mit Zierspitzen umgeben. Das Überklettern war zu gefährlich, denn wenn ich abgerutscht wäre, hätte ich mich wahrscheinlich aufgespießt. Doch hineinsehen konnte ich. In der Mitte des Geländes stand ein alter, knorriger Apfelbaum, dessen rote Äpfel schon von weitem sichtbar waren. Sie leuchteten geradezu durch das Grün der Blätter hindurch und schienen zu rufen: "Komm und pflück mich, ich bin süß und saftig." Viele Tage vergingen und immer war das gleiche Verlangen in mir, nur einen dieser wunderbar duftenden, roten Äpfel für mich zu haben. Ich würde ihn behutsam abpflücken und ihn dann mit dem Ärmel meiner Bluse abreiben, bis er noch mehr glänzte. Doch sofort verspeisen würde ich ihn nicht, sondern erst einmal nur daran riechen, seinen köstlichen Duft einatmen und dabei spüren, wie sich das Wasser in meinem Mund sammelt, um sich auf den ersten Bissen vorzubereiten. Nur dieser Gedanke vermittelte mir das Gefühl einen leichten Apfelgeschmack im Mund wahrzunehmen. Wie auch schon die vielen Tage zuvor, hatte ich mich auch heute nicht getraut, über den Zaun zu steigen und mich an dem Baum zu bedienen. So blieb mir nur der sehnsüchtige Blick auf die leuchtend roten Äpfel. Langsam kam der Herbst ins Land und mein Apfelbaum trug nur noch sehr wenige Äpfel an seinen zunehmend lichter werdenden Ästen. Auch der Rest des Gartens begann sich auf die kältere Jahreszeit einzustellen. Die Farben wichen aus den Blättern und Blüten und die Eichhörnchen legten emsig ihre Vorräte an. Ich ärgerte mich im Stillen über meinen fehlenden Mut, denn bald würde es zu spät sein und auch der letzte Apfel würde fallen. Am letzten Schultag vor den

Herbstferien ging ich noch einmal an den
Wildgärten vorbei und was ich dann sehen
musste, hat mich erschreckt und traurig gemacht.
Große Baumaschinen waren angerückt und hatten
begonnen die alten Häuschen, Zäune und Wege
zu zerstören. Teilweise waren auch schon die
Beete umgepflügt und die Bäume gefällt, um die
Flächen einzuebnen. Da erblickte ich einen
großen, kräftigen Mann, der mit einer Axt
bewaffnet auf meinen Apfelbaum zu stapfte.
Gerade setzte er zum ersten Schlag an, als er
plötzlich innehielt und seinen Arm nach oben
streckte. Er hatte meinen Apfel entdeckte und
pflückte ihn behutsam ab. Tja, das war´s dann
wohl dachte ich traurig. Nie würde ich wissen, ob
der leuchtend rote Apfel wirklich so köstlich
schmeckte, wie ich es mir immer vorgestellt
hatte. Als ich gerade weitergehen wollte, hörte ich
die Stimme des Bauarbeiters. Sie war tief, aber
freundlich. Er rief: „Hey, du, warte mal, ich habe
da etwas für dich.“ Ich sah ihn an und er reichte
mir mit einem freundlichen Lächeln meinen
wunderschönen, glänzend roten, duftenden Apfel
über den Zaun. Seelig vor Glück nahm ich ihn an
und bedankte mich. Wie in Zeitlupe rieb ich
meinen Apfel mit dem Ärmel meiner Strickjacke
ab, sog den Duft, den er versprühte, in meine
Nase und dann biss ich ganz genussvoll hinein.
Er schmeckte genauso wie ich es mir immer
ausgemalt hatte. Süß und saftig und unheimlich
gut.

Kati

Als Kind war Kati etwas moppelig, so wie viele Erstklässler, die ihren Babyspeck noch nicht gänzlich abgelegt hatten. Ihr hatte das zu diesem Zeitpunkt noch nichts ausgemacht, denn es störte sich niemand daran. Sie hatte Freunde und spielte mit ihnen auf dem Schulhof und manchmal auch nach der Schule. Das änderte sich jedoch, als Kati die Grundschule verließ und im Gegensatz zu ihren Mitschülern noch immer einige Pfunde an den falschen Körperstellen mit sich trug. Sie merkte schnell, dass sie im Gymnasium anders bewertet wurde. Ihre Leistungen im Allgemeinen waren gut und sie bemühte sich, ihren Platz im Klassenverband zu finden. Doch das war für Kati schier unmöglich, denn von anderen Mädchen, wie der tollen Susi, die in ihren engen Jeans und kurzen Tops über den Schulhof stolzierten, war sie sofort zum Opfer gekürt worden. Täglich wurde Kati nun von den Mädchen als fette Sau, Ekelkati oder Speckbacke beleidigt. Die Jungs behandelten sie auch nicht besser. Sie lachten sie aus, schubsten sie ins Gebüsch oder nahmen ihr die Kappe weg, denn sie wussten, dass sie nicht so schnell hinterherlaufen konnte. Einmal hatten sie Kati sogar in die Mülltonne gestopft und dazu johlten sie: „Speck gehört zum Biomüll!" So ging es fast immer und sie konnte sich nicht dagegen wehren. Petzen wollte sie auch nicht, denn sie fürchtete, dass es dann nur noch schlimmer werden würde. Kati zog sich in ihrem Kummer immer mehr zurück und weil sie keinen Ausweg sah, tat sie etwas, das sie fast das Leben gekostet hätte. Sie schloss sich in ihrem Zimmer ein, schaltet ihren PC an und tippte folgendes in die Suchleiste: ”Was kann ich tun, um nicht mehr fett zu sein?“ Sie fand einige Tipps zur Ernährung, Sportprogramme und Diäten. Doch weder das eine noch das andere konnte schnell dafür sorgen, nicht mehr gemobbt zu werden. Außerdem kochte ihre Mama meistens dieses Schnellfutter, weil sie den ganzen Tag arbeiten war und erst abends nach Hause kam. Also suchte Kati weiter und dann las sie etwas von Appetitzüglern, die das Fett ganz ohne Hunger und Sport einfach so wegschmelzen können. In einem Forum wurde noch darüber berichtet, dass Abführmittel und Erbrechen nach der Mahlzeit dabei helfen würden den Magen zu verkleinern. Das schien Kati logisch, denn wenn nichts drin ist, kann man nur dünner werden. Mit diesen Erkenntnissen aus dem Internet, dem Inhalt ihrer Spardose und dem Plan im Kopf, ganz schnell abzuspecken, machte sie sich auf in die Drogerie. Alles, was sie für ihren Plan brauchte, fand sie im Regal für die frei verkäuflichen Mittel und der Kassiererin schien es egal zu sein, dass ein Kind diese Produkte in größeren Mengen kaufte. Damit ihre Mama nichts merkte, aß Kati wie immer ihr Essen und danach verschwand sie im Badezimmer. Das Erbrechen fand sie nicht toll, doch so blieb nichts in ihr und die Pillen, die sie täglich einnahm, zeigten auch schon erste Wirkung. Gegen den Hunger trank sie

Wasser, denn das füllte den Magen und hatte
keine Kalorien. Fast jeden Tag betrachtete sie sich
im Spiegel und stellte sich auf die Waage. Doch
sie fand sich immer noch zu dick und war
unzufrieden mit dem, was sie sah.

Als sie an diesem einen Morgen in der Schule
ankam, stieß sie auf Susi. Die sah sie direkt an
und bemerkte mit höhnischem Unterton: „Na da
schau an, die fette Kati hat scheinbar etwas Speck
verloren, vielleicht wird ja aus der Sau doch noch
ein Mensch!“ Das stachelte Kati noch mehr an
weiterzumachen und das Schlucken und Spucken
fiel ihr auch nicht mehr so schwer wie am
Anfang. Die Models machten es schließlich auch
so, redete sie sich ein. Kati war mittlerweile so
gefangen in ihrem Zwang, dass sie nicht mal
bemerkte, wie sie zunehmend schwächer wurde.
Sie war regelrecht abgemagert, doch an ihrem
Status in der Schule hatte sich nicht viel geändert.
Freunde hatte sie nach wie vor nicht, doch
zumindest ließ man sie jetzt zufrieden. Katis
Mama hatte die Veränderung an ihrer Tochter
anfänglich als normal bewertet, den Mädchen in
der Pubertät haben manchmal auch
Gewichtsverlust. Außerdem trug sie immer diese
weiten Pullis, da viel es lange nicht auf. Doch in
letzter Zeit war sie oft schlapp und lustlos, was
ihr zunehmend Sorge bereitete. Sie versuchte mit
leckeren Gerichten und Süßigkeiten
gegenzusteuern, doch es änderte sich nichts. Ein
paar Tage später passierte es dann und Kati brach
auf dem Schulhof zusammen und musste mit dem

Rettungswagen in die Notaufnahme gebracht werden. In der Schule gab es jede Menge Vermutungen und Gerüchte. Keiner hatte darüber nachgedacht, dass unter Umständen sein Verhalten Kati gegenüber mit dazu beigetragen haben könnte, dass sie nun auf der Intensivstation um ihr Leben kämpfte. Die Ärzte konnten sie stabilisieren und nach einer Weile wurde sie auf die Normalstation verlegt. Nun begann für Kati der schwerste und längste Weg. Mit der Hilfe ihrer Mutter und einer Psychologin, die auf Essstörungen spezialisierte Therapieformen anbot, gelang es Kati, sich von ihrer Krankheit zu befreien. Doch es war sehr schwer, denn die Eigenwahrnehmung war, genau wie ihr Körper, geschädigt worden. Nach vielen Monaten in einem Kurheim und Gesprächstherapie in Einzel,- und Gruppensitzungen war Kati bereit einen Neustart zu wagen. Sie wechselte die Schule und fand dort schnell Anschluss. Ja, sogar eine beste Freundin, die auch jetzt, wo sie längst erwachsen ist, noch immer zu ihr steht. Heute Morgen, so wie jeden Morgen steht Kati vor ihrem Spiegel. Sie betrachtet sich sehr genau und spricht ihrem Spiegelbild die folgenden Worte entgegen.

Du bist schön so wie du bist

Du bist gut so wie du bist

Du bist es wert geliebt zu werden

Du bist Kati

Natürlich natürlich

Ich bin ein sehr natürlicher Typ und liebe alles, was naturbelassen und nachhaltig ist. Natürlich mit Pflanzenkraft gefärbte Haare, Naturkosmetik, gesunde Nahrung, am besten selbst angebaut und verarbeitet. Neuerdings ist dank der aus Naturmaterialien handgefertigten Einlagen in meinen Schuhen auch mein Gangbild wieder natürlich geschmeidig und fließend. Am allerschönsten ist es für mich, durch Mutter Natur zu wandern und zu genießen, was sie so zu bieten hat. Diese besagte Mutter Natur in ihrem ursprünglichen Zustand muss heutzutage jedoch erst mal gefunden werden. Da immer mehr freie Flächen und Wälder zu Baugebieten ernannt werden, damit das Betonhuhn quadratische Häuserwürfel auf handtuchgroße Grundstücke legt, gestaltet sich das „eins mit der Natur werden" zunehmend schwieriger. Doch unmöglich ist es noch nicht. Also raus in den Wald und bloß weit genug weg von Erlebnispfaden, es sei denn du möchtest im Wald etwas über Tiere, Gerüche und wozu soll das gut sein lernen, um es in einer Quiz Show anzuwenden. Diese Erlebnis- oder auch Naturlehrpfade sind so was von unnatürlich, aber nun ja, wer gerne in Wanderherden a la Zombie durch ausgelatschtes Gelände von einer Station zur Nächsten, vielleicht noch Zwecks Stempeljagd, marschieren mag, gerne doch. So

bleibt mir meine uneingeschränkte Freiheit in den
Tiefen des nur für mich gewachsenen Waldes, da
wo die Hex´ ihre Bude gebaut und auf doofe
Kinder gewartet hat, selbst reflektierende
Gedanken zu haben und Monologe mit mir selbst
zu führen. Einfach nur bei mir anzukommen, eins
mit Mutter Natur werden und nix machen außer
Atmen! Wenn du so einen Ort entdeckt hast und
außer dir, einem entfernt am Waldrand
angewurzelt stehendem Rehkitz und einem seine
Kreise ziehenden Falken weit und breit keine
Zivilisation oder gar Menschen auszumachen
sind, dann hast du die Natur in ihrer natürlichsten
Form gefunden. Um sie für dich zu erhalten
begehe bitte niemals, wirklich niemals diesen
einen Fehler ... Mach keinen Post!!! Sonst war´s
das, denn ruckzuck kommt ein findiger Wander-
Guide daher, stellt Duftkästen mit unnatürlichen
Waldgerüchen wie Zimt, Nelke und
nachgeahmten Bärenpups an den durchgestylten
Waldweg und fordert mit großen Leittafeln dazu
auf, den Weg zur Spitze des Rehbergs zu
erklimmen, um sich am dortigen Kiosk mit
Wurscht und Pommes für nur Siebeneurofuffzig
zu stärken und, natürlich nicht zu vergessen, den
Stempel in den Wanderpass zu pressen.

Weihnachten im Süden

„Ich wäre so gerne ein wunderschöner, geschmückter Weihnachtsbaum!", dachte sich die Kokospalme, die bereits seit acht Jahren am Strand von Fuerteventura lebte. Jedes Jahr kamen viele, nach Erholung suchende, Rentner auf die Insel, um dort der Kälte zu entfliehen. Einige der Urlauber wollten aber auch einfach kein Weihnachtsfest unter dem Tannenbaum, sondern lieber Sonnenstrahlen am Strand unter Palmen genießen. Da stand sie nun, unsere Palme und hörte Geschichten über Päckchen, die am Heiligabend unter die geschmückten Tannenbäume gelegt wurden und über leuchtende Kinderaugen, wenn die Geschenke entdeckt und feierlich verschenkt wurden. Dafür gab es ein Wort, das Bescherung hieß, hatte die Palme gehört. Ein älteres Ehepaar erinnerte sich an Zeiten, wo sie im kalten Deutschland den Kamin anfachen mussten und dann gemütlich mit der Familie davorsaßen. Wie sie den herrlich mit Kugeln, Lametta und Baumspitze geschmückten Weihnachtsbaum betrachteten, an dem noch echte Kerzen leuchteten. Aber vor allem die gemeinsamen Stunden, die sie als Familie bei gutem Essen, Weihnachtslieder singen und Geschichten erzählen verbrachten. Doch das war lange her. Die Kinder waren erwachsen und lebten jetzt weit weg von ihrer Heimatstadt, weshalb das Rentnerpärchen die Weihnachtstage allein verbracht hätte. Das war für die beiden okay, aber wenn schon alleine, dann doch lieber im warmen Süden. Also hatten sie beschlossen, sich die Reise nach Fuerteventura gegenseitig zu Weihnachten zu schenken. Die alte Dame stupste ihren Mann an und sagte:

„Irgendwie ist es hier aber nicht besonders weihnachtlich, das sollten wir ändern."

Und schon zog sie Wolle und Stricknadeln aus der Strandtasche und begann zwei Weihnachtsbeutel zu stricken. Da diese nur glatt rechts gestrickt wurden, war sie bereits nach kurzer Zeit fertig mit ihren Werken. Die Palme beobachtete genau, was die beiden Rentner da vor ihren Wurzeln trieben, und musste etwas schmunzeln. Der Opa hatte auch eine Idee. Er lief zu der kleinen Strandbar und bat um zwei Orangen, zwei Zitronen und zwei Limetten, die ihm der freundliche Barmann gerne gab. Danach begab er sich noch zu dem Krimskramsladen, den er gestern beim Spaziergang entdeckt hatte und kaufte dort etwas Schnur und ein paar Angelhaken. Aus diesen Dingen bastelte er mit geschickten Händen wunderbare Früchteweihnachtskugeln. Als er zu seiner Frau zurückkehrte, staunte diese nicht schlecht über den Einfallsreichtum ihres Mannes. Sie selbst hatte zwischenzeitig ein paar leckere Naschereien besorgt und damit die rot grünen Weihnachtsbeutel befüllt. Beide Eheleute sahen sich erwartungsvoll an, so als ob sie auf einen genialen Einfall des Partners warteten. Auch die Palme war gespannt, was nun passieren würde, dass sie sich ein wenig bog, um alles mitzubekommen.

„Ich hab´s“, sagte die Frau. „Wir können doch die tollen Früchteweihnachtskugeln an die Palme hängen und aus der restlichen Wolle machen wir Lamettafäden. Die Weihnachtsbeutel stellen wir dann unter die Palme.“

Gesagt, getan. Es fing schon an zu dämmern als das Pärchen mit seiner Arbeit fertig war und der Strand leerte sich allmählich. An den Bars wurden Lampions eingeschaltet, die für ein stimmungsvolles Licht sorgten. Unser Rentnerpärchen betrachtete sein Werk und dann stimmten sie ein Weihnachtslied an. Dieses Mal klang es allerdings anders als sonst.

„Oh Weihnachtspalm, oh Weihnachtspalm, wie schön sind deine Früchte“, sangen sie aus freudigem Herzen.

So kam es, dass unsere Kokospalme für ein Weihnachtsfest zur Weihnachtspalme wurde. Das machte sie sehr glücklich.

Die Blumeninsel

So schön hatte ich es mir vorgestellt, fernab
jeglicher Herausforderung und Aufgabenstellung,
einfach nur für mich und mein seelisches
Wohlbefinden verantwortlich zu sein. Die kleine,
fast unbewohnte Insel im indischen Ozean sollte
mich mit ihrer Ruhe und den unzähligen Blumen
in ihren Bann ziehen, um mein Yin und Yang
wieder in Einklang zu bringen. Seit Monaten
hatte ich meinen Körper und auch meinen Geist
an ihr Limit getrieben, denn den Werbeauftrag
des zweitgrößten Unternehmens der
Modebranche konnte und wollte ich mir nicht
entgehen lassen. Meine Agentur schrieb auch
nach einem Jahr noch nicht wirklich schwarze
Zahlen und das, obwohl ich jeden Tag und
meistens auch am Wochenende durcharbeitete.
Bei so viel Einsatz blieb keine Zeit für
Entspannung oder Partnerschaften der
zwischenmenschlichen Art. Doch jetzt durfte ich
mir die Auszeit endlich gönnen und so stieg ich in
Frankfurt in das Flugzeug, das mich über Nacht
nach Delhi bringen würde. Der Flug war
angenehm und dank des Sitzplatzes in der
Business Class kam ich ausgeruht und guter
Dinge in Indien an. Im Flughafengebäude war es
hektisch und laut. Die Menschen rannten herum
und riefen sich etwas zu, was ich jedoch nicht
verstehen konnte. Mit meinem Gepäck stand ich
in der Halle und wartete auf meinen privaten

Fahrer. Irgendein Kofferträger wollte mein Gepäck an sich nehmen und ein Taxifahrer versuchte mich dazu zu drängen in sein Taxi zu steigen. Erst als ich laut Stopp brüllte, war für ein paar Sekunden Ruhe.

„I don`t need a taxi and don`t touch my bag!“, setzte ich nach.

Die Männer sahen mich nur etwas verständnislos an, zuckten mit den Schultern und ließen mich dann stehen. Nach einem weiteren Blick durch die Halle entdeckte ich einen Herrn, der ein Schild in die Luft hielt, auf dem das Logo meines Reiseveranstalters zu sehen war. Ich ging auf ihn zu und der schlanke Mann, mittleren Alters, verbeugte sich leicht mit einem Namaste, streckte mir eine Jasminblüte entgegen und stellte sich mir als Sami vor. Er wäre mein Reiseleiter vor Ort und würde mir während meines Aufenthalts zur Verfügung stehen. Vor dem Flughafengebäude staute sich die Hitze bereits, obwohl es noch früher Vormittag war. Sami verstaute mein Gepäck im Wagen und ich nahm im klimatisierten Innenraum Platz.

„Im Barfach gibt es kalte Getränke, bitte bedienen sie sich“, sagte er lächelnd.

Dann startete er den Motor und versuchte das Fahrzeug durch den stockenden Verkehr Delhis zu manövrieren. Ich war froh nicht selbst fahren zu müssen. Der Duft des Jasmin waberte in der Luft und ich versuchte mich von der Hektik der

Stadt nicht aufwühlen zu lassen. Schließlich war Delhi nicht mein Ziel, sondern die kleine, private Blumeninsel, irgendwo im indischen Ozean. Es lag demnach noch eine Fahrt bis zum Hafen und der Umstieg auf das Charterboot vor mir. Ich blickte aus dem Fenster und versuchte erste Eindrücke von Indien zu gewinnen. Es war in jedem Fall ein Land, das, wie immer in Reiseführern erwähnt, voller Farbe und Mystik steckte. Je weiter wir uns von der Stadt entfernten, desto mehr veränderte sich die Landschaft und sonderbarerweise auch meine Stimmung. Ich wurde ruhiger, doch zugleich war ich angespannt wegen dem was mich erwarten würde. So einen seltsamen Zustand hatte ich bisher noch nicht erlebt. Eigenartig, dachte ich, als Sami meinen Gedanken unterbrach.

„Da vorne liegt die Charu. Mit ihr werden wir knapp zwei Stunden zur Insel fahren", sagte er.

Er hielt den Wagen an, beförderte das Gepäck in einen der bereitgestellten Container und dann öffnete er meine Autotür. Die schwüle Hitze, die mir entgegenschlug, raubte mir für ein paar Sekunden den Atem, doch das verging schnell wieder. Sami reichte mir einen Sonnenschirm und geleitete mich die Gangway hinüber zum Boot. Es war ein wenig wackelig und ich suchte mir einen mit Segeltuch überspannten Sitzplatz an Deck, um auf den Horizont blicken zu können. Boot fahren war eine Herausforderung für mich, weil ich nicht wusste wie mein Körper, aber vor allem meine Psyche reagieren würden. Als Kind war ich einmal gekentert und fast ertrunken, was zu einer tiefsitzenden Urangst geführt hatte. Doch über die Jahre und mit verschiedenen Bewältigungsstrategien hatte ich diese Angst nun ganz gut in den Griff bekommen. Trotzdem war das auf die Wellen sehen hilfreich. Nachdem alle Fahrgäste an Bord waren, legte die -Schöne-, das bedeutet der Bootsname Charu, ab. Während der Überfahrt gab es ein leckeres indisch Curry mit Huhn und Chai Tee. Zur Verdauung wurde ein Arrak serviert. Die Crew bestand aus mehreren Mitgliedern und nach dem Essen gab es tatsächlich noch ein Unterhaltungsprogramm, wie aus einem Bollywood Film. Tänzerinnen trugen Kleidung in den Farben der Sonne und die vielen Armreifen an den Handgelenken klangen wie leises Läuten, wenn sie bei jeder Handbewegung aneinanderschlugen. Die Männer spielten auf der Zither und schlugen die Tanpura, während sich die Tänzerinnen im Takt der Musik bewegten. Wie in Tausend und einer Nacht ging es mir durch den Kopf. Mein Blick hing besonders an einer Tänzerin, die sehr grazil und leichtfüßig, nicht nur die Ringe an ihren Handgelenken, sondern auch einen Schellenkranz an ihrem Fußgelenk zum Klingen brachte. Nachdem die Darsteller ihr Programm beendet hatten, kam die junge Tänzerin zu den Gästen und überreichte jedem einen kleinen, gebundenen Strauch Jasmin. Im Gegenzug landeten ein paar Rupien in ihrem Körbchen als Anerkennung für ihren Auftritt. Das Mädchen lächelte und mit einem eher

schüchternen Namaste ging sie zu ihrer Gruppe
zurück. Die Insel war fast erreicht und lag satt
leuchtend in ihrer grünen Pracht vor mir. Ein Steg
mit einem Poller war schon erkennbar, ebenso
einige Menschen, die sich dort versammelt
hatten, um die Gäste in Empfang zu nehmen.
Sami half mir wieder von Bord und kümmerte
sich um das Gepäck. Zu meinen Jasminblüten
gesellte sich nun ein Kranz aus Oleanderblüten,
den mir ein freundlich lächelnder, mit einem
weißen Sari bekleideter, junger Mann um den
Hals hängte. Das übliche Namaste zur Begrüßung
wurde ausgetauscht und dann durften wir dem
Begrüßungskomitee folgen. Der erste Eindruck,
den die Insel auf mich machte, war
überwältigend. Alles war dicht bewachsen in
sattem Grün und es schien aus jeder Ecke ein
anderer Vogellaut an mein Ohr zu dringen. Auch
ein wahres Potpourri an Düften strömte in meine
Nase. Ich fühlte mich von diesen vielen,
intensiven Sinneswahrnehmungen etwas
benommen und die lange Anreise trug auch dazu
bei, dass ich froh war meine gebuchte Hütte
beziehen zu können. Mein Gepäck stand schon
im Vorraum der mit Palmwedeln bedeckten
Rundhütte. Ein Korb mit Früchten war im
Essbereich aufgestellt und der Kühlschrank mit
Getränken befüllt. Im Schlafraum stand ein
großes Bett, das wunschgemäß mit einer
Kaltschaummatratze, Härtegrad 2, und
passendem Kissen ausgestattet war. Auch die
Ausstattung des Badezimmers war komfortabel
mit Badewanne, Dusche und Toilette, und dank

diverser Kosmetikartikel und Fön fehlte es an
nichts. Hier würde ich es mir die nächsten zwei
Wochen gut gehen lassen. Es klopfte an meine
Tür und als ich öffnete, stand Sami davor. Er
erkundigte sich, ob alles zu meiner Zufriedenheit
wäre oder er noch etwas für mich tun könnte. Ich
bedankte mich für seine Fürsorge und wünschte
ihm einen schönen Feierabend, denn es war alles
bestens. Nach einer erfrischenden Dusche legte
ich mich in das Himmelbett und schlief erschöpft
ein. Am nächsten Tag begann meine
Inselerholung, zunächst mit einem Frühstück, und
daran anschließend eine erste Meditation im
Tempelgarten. Es war für mich mehr als
ungewohnt mich auf meine Atmung, meinen
Herzschlag und meine Chakren zu konzentrieren.
Immer wieder drifteten meine Gedanken ab und
ich versuchte es erneut. Der junge Mann vom
Vortag, der mir den Oleander umgelegt hatte,
leitete diese Stunde. Er wiederholte immer wieder
die gleiche Silbe und in regelmäßigen Abständen
ertönte ein Glockenklang. Diese Gleichmäßigkeit
und der monotone Rhythmus in seiner Stimme
lösten nach einer Weile tatsächlich so etwas wie
Gelassenheit und Ruhe in mir aus. Ich genoss
diesen Zustand und hatte das Gefühl, endlich
loslassen zu können. Der Rückschritt aus dieser
Meditation erfolgte durch ein sanftes Berühren
der Stirn, mittels einer Orchideenblüte. Ihr zarter
Duft drang wie ein Nebel in meinen entspannten
Körper und holte mich in die Realität zurück. Ich
fühlte mich leicht und voller Energie. Vor lauter
Freude über diesen Zustand hüpfte und tanzte ich

über die Wiese, umgeben von Blumen und
Schmetterlingen. Der Pfau, der ein wenig abseits
stand, schlug ein Rad, so als wollte er sagen:
„Hey, übertreib mal nicht gleich."

Ich musste laut lachen und dann beschloss ich
einen Spaziergang zum Meer zu machen. Der
Weg durch den dicht bewachsenen Wald war
verworren und es zeigte sich schnell, dass mein
Orientierungssinn nicht der Beste war. Aber egal,
ich hatte Zeit und notfalls würde man nach mir
suchen, falls ich nicht zum Abendessen zurück
wäre. Wie sich jedoch nach einer Weile
herausstellte, war ich doch auf dem richtigen
Weg, denn durch die Bäume konnte ich das blaue
Meer zumindest entfernt ausmachen. Also
wanderte ich weiter und genoss die Stille im
Schatten des Mangrovenwaldes. Auch die bunte
Vielfalt der Schmetterlinge und das Zwitschern
der Vögel hielten mich fest, nur die Natur und
ich. So nah hatte ich mich noch nie verbunden
gefühlt. Die Insel hatte wahrhaftig etwas
Magisches. Soweit das Auge reichte, blühten
Blumen und jede für sich war ein Wunderwerk.
Zart und edel, in leuchtenden Farben, betörten sie
meine Sinne. Ich wollte in ihnen versinken und
mich von ihrem Duft davontragen lassen. So ging
ich weiter und weiter, ohne zu bemerken, wie die
Zeit verging. Als die Sonne schon um einiges
tiefer am Himmel stand, kam ich doch noch am
Meer an. Ich setzte mich auf den weißen Sand
und sah auf die glitzernden Wellen des indischen
Ozeans. Ganz gefangen von der Schönheit der

dunkelrot im Meer versinkenden Sonne, hatte ich
gar nicht gemerkt, dass ich nicht alleine war. An
diesem Strand saß auch Sami und bewunderte den
Sonnenuntergang. Ich grüßte ihn und lud ihn ein,
sich zu mir zu setzen. Er nahm meine Einladung
an und wir blieben dort bis zum Aufgang des
Mondes sitzen. Er erzählte mir von seiner Familie
und das er für drei Jahre in Deutschland war, um
ein Studium zum Touristen- und Fremdenführer
zu absolvieren. Doch dann wollte er wieder nach
Indien zurück, denn in Heidelberg fühlte er sich
nicht willkommen. Es ist halt eine ganz andere
Kultur, stellte er abschließend fest. Ich verstand
sofort, was er meinte. Der ständige
Leistungsdruck und der Konkurrenzkampf lassen
die wirklich wichtigen und schönen Aspekte
unseres Daseins verblassen. Irgendwann stellen
wir dann fest, was wir versäumt haben, und
manchmal ist es dann zu spät. In Indien ist es
zwar auch hektisch, aber der Ausgleich, um das
innere Gleichgewicht zu erhalten, wird hier
täglich gelebt. Gemeinsam gingen Sami und ich
zurück zur Anlage, die erstaunlicherweise über
einen geraden Pfad, innerhalb kurzer Zeit vor uns
auftauchte. Ich verabschiedete mich mit einem
herzlichen Namaste und ging ausgeglichen und
zufrieden ins Bett. Es folgten noch viele
entspannte Tage auf der Insel und einige
Gespräche mit Sami am Strand. Die Zeit verging
wie im Flug und ich hatte viel über mich selbst,
die Natur und die Kultur Indiens gelernt. Es fiel
mir schwer, die Insel wieder verlassen zu müssen,
denn sie hatte mich wirklich in ihren Bann

gezogen, mit all ihren prachtvollen Blumen und dem stetigen Klang der Ruhe im eigenen Sein der Meditation. Es war mein letzter Abend, die Koffer waren gepackt und es sollte noch ein großes Abschlussfest für alle Gäste geben. Es sollte der Höhepunkt der Reise zu mir selbst werden, denn in dieser Nacht war ich so gelöst und frei wie nie zuvor. Ich tanzte und die Armreifen und Schellen an meinen Hand- und Fußgelenken ertönten, während ich mich ganz dem Rhythmus der Musik hingab. Am nächsten Morgen hieß es Abschied nehmen. Am Steg wartete bereits unser Boot und nachdem das Gepäck verladen war, verabschiedeten sich die Inselbewohner, so wie es der Brauch war, mit einem bunten Kranz, zusammengebunden aus sämtlichen Blumensorten, die es hier gab. Sami half mir an Bord und ich versuchte nicht zu heulen. Zügig entfernten wir uns über den Ozean in Richtung Hafen und meine Blumeninsel wurde kleiner und kleiner, bis sie schließlich am Horizont verschwand. Nach der Ankunft im Hafen folgte noch die Autofahrt zum Flughafen. Sami begleitete mich bis zur Abfertigung und nahm ein letztes Mal meine Koffer, um sie auf das Gepäckband zu stellen. Ich hätte ihn gerne zum Abschied in den Arm genommen, doch das verbietet der Anstand in Indien, also verbeugte ich mich und verabschiedete mich mit Namaste von ihm. Er tat es mir gleich, lächelte noch einmal und dann drehte er sich um und verschwand in der Menge. Auf dem langen Rückflug nach Frankfurt lies ich die letzten

vierzehn Tage noch einmal Revue passieren und
lauschte dabei den mystischen Klängen der
Musik aus meinen Kopfhörern. Ich hatte
zurückerhalten, was mir abhandengekommen
war. Mein Yin und Yang vereint, in Harmonie und
Liebe.

Des Seelchens verlorene Farben

Es war einmal ein Seelchen, das war noch jung und fröhlich. Es wollte alle Gefühle und Eindrücke des Lebens in sich aufnehmen. Es wusste noch nichts von Enttäuschung, Trauer, Wut oder Schmerz. In ihm gab es vier Kammern der Farben. In der ersten Kammer waren verschiedene gelbe, orange und rote Farbtöne untergebracht. Es waren die Farben für die Gefühle Licht, Wärme, Geborgenheit, Lebenslust und Liebe. In der zweiten Kammer lebten verschiedene grüne und türkise Farbtöne zusammen. Sie waren für die Gefühle Erneuerung, Hoffnung, Zuversicht, Glück und Kraft zuständig. In der dritten Kammer wohnten Himmelblau, Blau und Violett zusammen. Sie sorgten für Besonnenheit, Ruhe, Magie, Treue und Kreativität in der Gefühlswelt. In der vierten Kammer waren so allerlei bunte Gesellen eingezogen, deren Hauptaufgabe darin bestand für gute Stimmung zu sorgen. So tanzte das freche Pink ständig aus der Reihe, das Weiß mischte sich gerne unter und das zarte Rosa war einfach immer entzückend anzusehen. Doch es gab noch eine weitere Kammer, die war eher ein Abstellraum und wenig einladend, da dort kein Licht hinein viel. Dort hausten die dunklen, schmuddeligen und Schreck einflößenden Farben. Sie lauerten stets darauf, eines Tages die Macht

zu ergreifen, um Trauer, Hass und Finsternis über
das Seelchen zu bringen.

Unser Seelchen wuchs heran und freute sich über
die schönen Farben aus seinen Kammern. Es
verliebte sich zum ersten Mal und das Rot
erleuchtete und wuchs. Es brannte ein wärmendes
Feuer in ihm und es fühlte sich rundum geborgen.
Als unser Seelchen noch etwas älter geworden
war, war es voller Kraft und Zuversicht. Es war
glücklich mit seinem Leben, hatte Erfolg und
gründete eine nette kleine Familie. Jeden Tag
seines bisherigen Lebens füllte die nun
herangewachsene Seele mit Leidenschaft und
Kreativität. Sie blieb aber auch stets besonnen
und treu. Am liebsten verbreitete sie Spaß und
zog die Menschen um sich herum begeistert mit.
Sie war eine glückliche und zufriedene, ja man
könnte sagen, eine leuchtende Seele. Dieses
Leuchten der Seelenfarben übertrug sich auf die
Menschen in ihrem Umfeld, denn sie sorgte dafür,
dass es ihrer Familie, ihren Freunden und
Bekannten aber auch den Kollegen gut ging. Das
tat sie eine sehr lange Zeit. Sie bemerkte erst gar
nicht, wie eine Farbe nach der anderen sich
veränderte oder langsam zu verblassen schien.
Das Gelb hatte kaum noch Kraft und das sonst so
fröhliche Orange kam kaum noch zur Geltung in
ihrem Alltag. Am schlimmsten veränderte sich
der warme und liebevolle Rotton. Immer öfter
wurde er gefährlich, weil kurzfristige
Wutausbrüche wie ein zerstörerisches Feuer in
der Kammer aufflammten und die Lebenslust

zunehmend verschwand. Diesen Zustand bemerkten die düsteren Gesellen aus dem dunklen Verschlag natürlich schnell und schlichen sich unbemerkt in die erste Kammer, um dort den letzten Funken an warmen und geborgenen Gefühlen auszulöschen und nur noch schwarze Asche zurückzulassen. In der Kammer der Erneuerung und Hoffnung sah es auch nicht viel besser aus. Unsere Seele fand einfach keine neue Kraft mehr, um die grünen Farben aufzufrischen und so verdorrten die letzten Gräser der Zuversicht unter dem trüben Grauschleier der dunklen Gedanken, die sich hineingeschlichen hatten. Vielleicht gab es ja noch einen Hoffnungsschimmer, denn auf die Treue und die nie endende Kreativität in ihren strahlenden blauen Farben war doch immer Verlass gewesen. So trat die Seele mit ihrer kaum noch wahrnehmbaren Energie in die dritte Kammer, um kreativ zu werden, doch es war kein bisschen strahlendes Blau zu entdecken. Alles, was sie in der Kammer fand, war dreckiges, dunkles Braungrau. Es wirkte bedrohlich und die Seele verlor den letzten Funken Hoffnung. Sie war in tiefer Trauer, Angst und Wut über ihre Hilflosigkeit gefangen. Die trüben und furchteinflößenden Gesellen hatten die Kontrolle übernommen. Zumindest dachten sie das. Allerdings waren die dunklen Gesellen nicht besonders helle, weshalb sie nicht bemerkten, dass sie eine Kammer übersehen hatten. Ja, genau, die Kammer mit den vorwitzigen, unscheinbaren und Mischfarben. Diese schlichen sich nun auf tanzenden, unscheinbaren und leisen Sohlen in die einzelnen Kammern. In die erste Kammer flutschte das zarte Rosa und drückte den schwarzen Gesellen einen zarten Kuss auf die Wange. Da verfärbte sie sich plötzlich in ein zartes Rot, das mit der Zeit wieder kräftig werden könnte. In die zweite Kammer schlüpfte das Weiß und mischte sich unter die grauen Gesellen. Jedes Mal, wenn es einen von ihnen berührte, wurde dieser ein wenig heller und so wurde ein leichter Hauch von grün erkennbar, das mit der Zeit wieder kräftiger werden könnte. In die dritte Kammer tanzte auf leichten Sohlen das vorwitzige Pink und stupste die Schmuddelgesellen an. Mit jedem Schubser verloren diese ein wenig von ihrem Schmutz und da das Pink auch noch einen Hauch Magie verpustete, verfärbte sich einer von ihnen und gab ein wenig Violettblau preis, was mit der Zeit wieder kräftiger werden könnte. Es dauerte eine lange Zeit, bis unsere Seele sich erholte, neue Kraft schöpfte und ihre Farben wieder in ihrer leuchtenden Schönheit erstrahlten. Nun fragt ihr euch sicher, was aus den dunklen, schmuddeligen Gesellen geworden ist. Nun ja, die Seele hatte beschlossen sie mit den anderen Farben spielen zu lassen, denn ab und an benötigt man auch mal ein wenig schwarz, grau und braun im Farbkasten des Lebens.

Danke

Schreiben geht verhältnismäßig leicht, wenn die Inspiration für Geschichten in der Familie, bei Freunden, durch Erlebnisse oder Gespräche gefunden wird.